그리스, 터키, 시리아, 요르단, 이집트 여행 에세이

지중해를 천천하다

그리스, 터키, 시리아, 요르단, 이집트 여행 에세이

지중해를 전전하다

글 · 사진 / 김수목

bookin

멀어지는 애인의 옷자락 같은
여행의 기억을 붙잡기 위해

방황의 이십대 끝물 무렵 읽었던 김찬삼의 『세계여행』 전집에서 보았던 로마 원형극장의 사진은 내게 환상처럼 다가왔다. 잠깐 스쳐 본 사진이었는데 찬란한 태양 아래 원형극장의 무대를 서성이는 관광객의 모습은 내 머리 속에서 지워지지 않는 매혹적인 영상으로 남아 있었다. 내게 환상처럼 느껴졌던 히에라 폴리스의 원형극장이 내 눈 앞에 나타났다. 경사 급한 객석을 거의 기다시피 올라가 3층 객석에 앉았을 때 난 내가 찾고 찾았던 게 환상만은 아니었다고 느꼈다. 내가 충분히 볼 수 있고 느낄 수 있는 현실이라는 걸 깨달았다.

산다는 것이 생각하는 것이 아니라 겪어 보는 것이라는 걸 알게 된 후 나의 삶이 경험하면서 살아지는 것들에 대한 경의로 차게 되지 않을까 걱정될 정도이기도 했다.

언제 어디서건 나를 향해 하는 질문들. 나 왜 여기에 왔는가?

그 질문을 되뇌며 차가운 대리석 좌석에 앉아 저 아래 부서진 채로 서 있는 무대 기둥을 보았다. 기둥 사이로 왔다 갔다 하면서 연기를 하는 배우들 모습까지 보였다. 로마식 의상과 로마식 의식구조까지도 충분히 상상해 낼 수 있는 무대였다. 그 자리에 앉아 몇 천 년을 거슬러 역사를 다시 재현해볼 배우라도 될 수 있을 것 같았다. 무대를 보며 무대 너머의 고대도시의 유적과 푸른 들과 먼 산을 보고 있을 때 난 내가 먼 길을 열심히 찾아 왔던 이유를 알 수 있었다. 바로 저거다. 내게 주어진 것이 아닌, 내 것이 아니었던 것들을 열심히 찾고 찾아 내 것으로 만들어 내가 간직하는 것. 가능하다면 내가 좋아하든 싫어하든 뭐든지 내게 집어넣고 싶었다. 그래도 결국은 아무 것도 남지 않고 허무로 돌아가야 하는 것들이지만. 그것들이 나를 쉴 새 없이 부르고 있는 것이다.

여행을 하면서 그곳의 풍광과 유적만 살피고 만다는 것은 뭔가 미진했다. 여행을 떠나기 전에 그곳의 역사와 풍속과 문화를 읽었으며 현재를 살아가는 사람들의 대중문화를 접해 보려고 노력했다. 그 결과로 이 글은 단순한 여행기를 벗어나 여행의 기록과 그곳의 사람, 문화를 함께 쓰게 되었다. 특히 여자의 입장에서 특별하거나 특이하게 살아간 그 나라의 여자들에 대해 각별하게 애정을 갖고 그녀들의 일생을 알아보려고 했다. 자료가 부족하거나 나의 견문이 좁아 아쉬움도 많았다.

싸리 울타리에 둘러싸인 둥그렇고 작은 마당. 그 안에 잘 쓸린 빗자국이 아직도 선명하게 남아 있고 마당가에는 앵두나무, 수돗가, 빨래판으로 쓰이는 납작한 돌, 그리고 그 주위에는 봉숭아와 채송화, 과꽃이 씩씩하게 피어 있는 작은 마당. 나의 기억은 이렇게 원형의 무대 속에 장치되어 있는 흙 마당에서 시작된다. 그런데 이 기억의 마당에는 묘하게도 일상의 기억은 거의 없다. 대개는 여행과 사랑에 관한 기억이다. 사랑은, 젊은 날의 사랑은 모두 가슴 아프게 헤어진 기억이라서 그런지 사랑에 대한 기억이 끄집어 나올 때면 재빨리 손을 거둔다. 잊고 싶은 거다. 사랑에 관한 한 그것이 좋은 기억이든 나쁜 기억이든 빨리 기억 속에서 몰아내고 싶다. 왜냐하면 사랑에는 항상 생채기가 남게 마련이어서. 여행에 관한 기억 속에는 선자령 고갯길이든 불갑사 상상화든, 아니면 멀리 치앙마이의 양귀비 꽃밭이든, 미얀마의 인레 호수이든 뭐든지 여행의 기억이 무대에 장을 펼쳐지면 끝없이 거기에서 붙잡아 두고 놓치고 싶지 않았다.

돌아서는 애인이 한 번 힐끗 일별하고 멀어지듯 여행의 기억들이 내게서 멀어질 때 애인의 옷자락이라도 붙잡듯이 나도 여행을 붙잡기 위해 이 글을 썼다.

2008년 10월의 어느 멋진 날에 또 다른 여행을 꿈꾸며

김수목

차 례

영원한 신화의 나라 그리스

동양과 서양이 절묘하게 뒤섞인 터키

바람과 사막의 나라 시리아

석유와 물과 바람이 귀한 요르단

피라미드와 스핑크스, 태양의 나라 이집트

영원한 신화의 나라

그리스

수니온곶으로 가는 길 / 수니온에서 / 아테네에 첫 발을 딛고
파르테논의 배흘림기둥에 기대서서 / 아레오파고스 언덕에 올라
기차는 8시에 떠나네 / 메테오라, 허공에 매달린 방울
테르모필레에서, 역사는 가정이 없었다 / 그리스인 조르바, 조르바 춤을!
비나 눈도 접근 못하는 올림포스 산 / 사랑에 목숨 걸었던 마리아 칼라스

GREECE

Sounion

수니온곶으로 가는 길

인천공항에서 서울로 돌아오는 리무진 버스를 타고 오는 동안 차창에 얼핏 비쳐든 보름달이 맘에 걸렸습니다.

바하리아 사막에서 새벽을 기다리며 베두인 악사들이 악기를 두드리는 소리에 멍해져 갈 때 우리 위를 떠나지 않던 그 초승달이 벌써 보름달이 되어 버스 안의 나를 내려다보고 있던 것입니다.

여행은 전혀 예기치 않았던 일이 있기에 더욱 갈망하게 되는 것인지 모릅니다.

수니온은 내가 젊었을 적에 어렴풋이 알았던 곳입니다. 유럽의 젊은이들이 자살을 감행하려고 찾아가는 곳이라고, 에이게우스왕의 슬픈 사연이 숨 쉬는 곳이라고요.

수니온곶의 포세이돈 신전을 찾아가는 길에는 하얀 석회암 바위산이 황량하게 버려져 있었습니다. 건조한 지중해성 기후에 흙들은 쓸려 내려가서 석회 바위와 대리석 같은 암석만 남아 더욱 척박해 보입니다. 왼편으로는 석회암 바위산, 그리고 소나무와 유도화, 측백나무가 오른편 에게해의 바람에 휩쓸리며 나를 기다리고 있습니다.

지금 벤츠 버스가 달리고 있는 구불구불거리는 바닷가 길이 영화 〈죽어도 좋아〉원제: 페드라에 알렉시스로 분한 안소니 퍼킨스가 스포츠카를 몰고 달리던 그 길이라는 것을 그때서야 알았습니다.

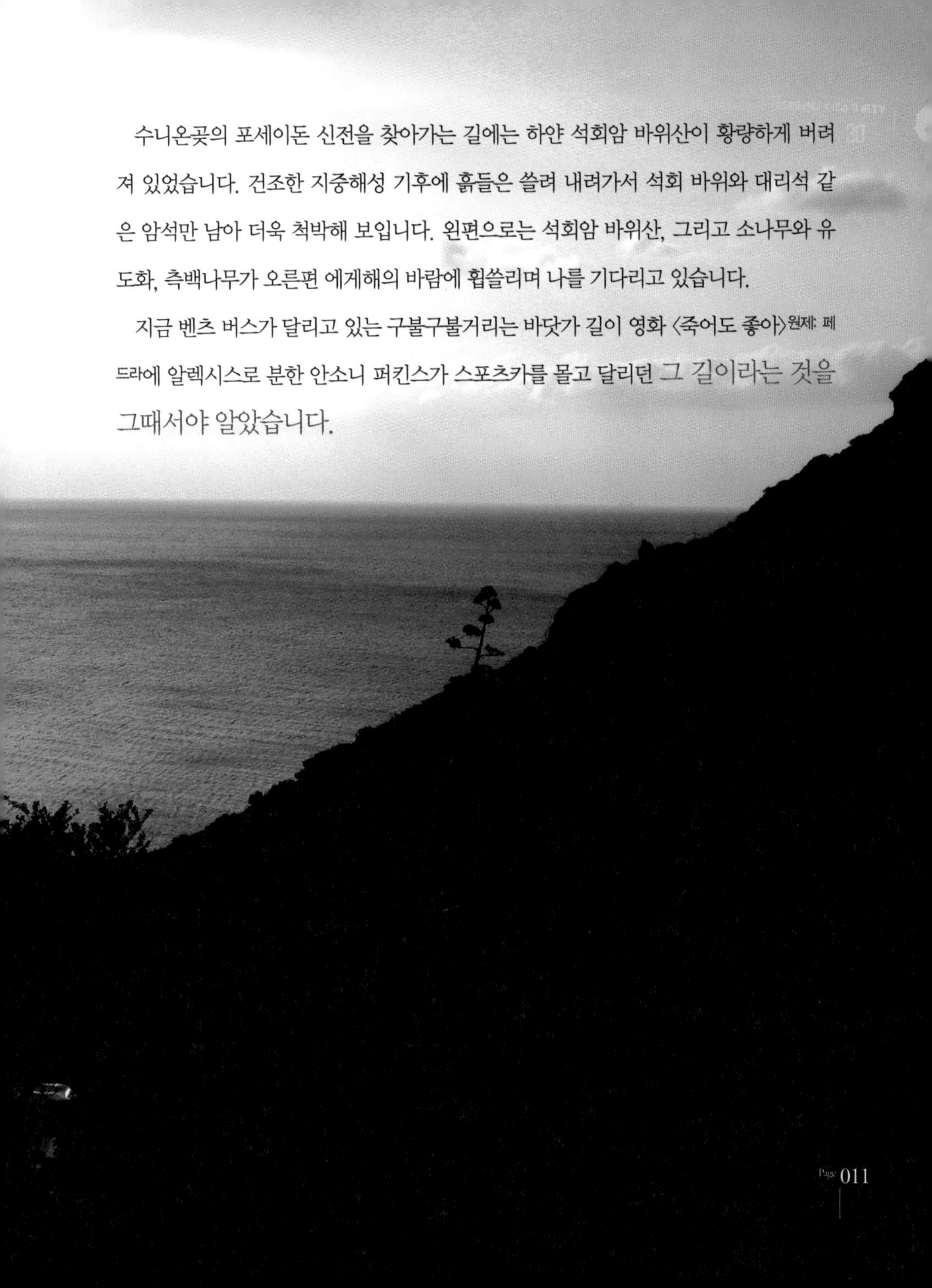

전혀 예기치 않은 만남이었지요. 여운처럼 남아 있던 알렉시스의 "페드라, 페드라…"를 부르는 소리와 낭떠러지로 떨어지는 차의 폭발 소리와 타이어 끌리는 날카로운 마찰음이 들리는 듯했습니다. 아마 에게해의 거센 바람이 나의 버스 차창을 계속 두드렸는지도 모릅니다.

알렉시스가 스포츠카 안에서 볼륨을 한껏 높였던 바하의 토스카와 푸가는 차라리 장식음이었습니다.

영화 〈죽어도 좋아〉는 그리스에서 장관까지 지냈던 호방한 여자 멜리나 메리쿠리와 병약하고 섬세한 안소니 퍼킨스가 주연을 맡은 영화이지요.

전처에게서 스물네 살 난 아들안소니 퍼킨스이 있는 타노스는 그리스 선박왕의 딸 페드라멜리나 메리쿠리와 정략결혼을 합니다. 전처 소생의 아들을 만나고 싶어 하지 않았지만 페드라는 비 오는 파리에서 알렉시스와 둘만이 있는 시간을 갖게 됩니다. 이들은 자연스럽게 서로를 갈구하게 되지요. 자신들이 이루어질 수 없다는 걸 알고 있었지만 젊고 외로웠던 영혼들이 사랑에 빠지는 건 당연한 일이 아니겠습니까?

벽난로의 은은한 불빛은 창문에 흘러내리는 빗물에 흐릿하게 보이고, 그 속에서 불륜의 두 남녀는 뜨거운 정사를 나눕니다.

이런 정사 장면의 긴 화면 처리에 사람들은 다음 둘 중 하나의 태도를 갖게 됩니다. 그 장면에 몰입하여 자신의 감정을 잊거나, 괜히 다른 데 신경을 쓰는 척하며 장면이 빨리 끝나기를 기다리거나 하는 것입니다.

어찌 되었던 그들의 사랑이 그리스 비극처럼 파멸로 끝난다는 걸 누구나 예감하게 되는 건 아닌가요.

다시 그리스로 돌아온 페드라는 알렉시스를 기다리는데, 그리스로 돌아온 알렉시스는 그녀를 외면합니다. 그리고 알렉시스가 아버지 타노스의 강압으로 다른 여인과 결혼이 결정되자 질투와 절망으로 이성을 잃은 페드라는 자신이 저지른 근친상간을 타노스에게 고백합니다.

아들의 용서할 수 없는 배신에 분노한 타노스는 알렉시스의 뺨을 피가 낭자하도록 때리고 추방합니다. 알렉시스는 페드라에게 다시는 꼴도 보기 싫다고 말하고 스포츠카를 타고 이 도로를 달리다가 추락하여 죽습니다. 또한 페드라 역시 수면제를 과다복용하여 죽음을 택합니다.

테세우스의 전실 자식 히폴리토스를 사랑하는 크레타 왕녀 페드라의 비극적 사랑 이야기로 그리스신화에 나오는 이야기입니다.

아르테미스를 섬기는 순결하고 검박한 미청년 히폴리토스를 시기하는 아프로디테는 에로스의 화살을 그의 새어머니 페드라의 가슴에 쏩니다. 에로스의 화살을 맞은 페드라는 히폴리토스를 사랑할 수밖에 없게 됩니다. 그러나 히폴리토스가 페드라의 사랑을 외면하고 그녀의 사랑에 모욕을 주자 페드라는 자살을 하면서 히폴리토스가 자신을 범하려 했다고 유서를 남겨 히폴리토스에게 누명을 씌웁니다. 아버지테세우스의 분노와 저주를 받고 추방당한 히폴리토스는 이륜마차를 타고 바닷길을 가다가 절벽에 떨어져 죽습니다.

신화는 구애를 거절당한 페드라가 포세이돈에게 복수를 기원해 바다의 신 포세이돈이 히폴리토스의 이륜차를 산산조각 내는 것으로 끝납니다.

신화는 다시 현실 속에서 되살아납니다.

사람들이 생각지 않았던 욕망이 신화를 통해 다시 살아납니다. 나에게도 수니온을 통해 살아났습니다. 바람 끝이 사나워 점퍼 자락조차 여밀 수 없었던 포세이돈 신전에서 나에게 살아나 외치는 것 같습니다.

"사랑은 움직이는 거야."

변해버린 사랑은, 받아주지 않은 사랑은 이미 사랑이 아니라고 말입니다.

수니온곶의 끝에 선 포세이돈 신전의 15개 도리아 기둥은 차라리 현실입니다. 페드라가 복수를 기원했던 그 포세이돈이 말없는 기둥으로 살아 있습니다.

스무 날 동안의 방황 후에 집에 돌아오니 여행을 떠나기 전 썼던 칫솔의 색깔이 기억나지 않았습니다. 워낙 객식구가 많다보니. 식구들을 호명해도 소용없었습니다. 할 수 없이 아직도 여행용 접이 칫솔을 쓰고 있습니다.

새 칫솔을 사와서 갈지 않는 한 저의 지중해와 아라비아 여행은 계속 됩니다.

수니온에서

바람에 밀리면서도 갈매기들은 바람과 맞서 날고 있습니다. 바람을 마주하며 에게해를 거스르고 있습니다. 한참 동안 바라보았으나 모든 갈매기들이 날개를 파닥거리며 바람에 저항하고 있습니다. 앞으로는 조금도 전진하지 못하거나 뒤로 밀리면서도 그들은 끝까지 바람에 맞서며 날고 있습니다. 앉아 있는 갈매기들도 에게해를 바라보며 바람에 맞서고 있습니다.

간만의 차가 적은 에게해의 바다는 사람들 사이에 있습니다. 놀이터와 집이 있고 공원이 바다 곁에 있습니다. 바다보다 약간 높이 모든 게 있습니다. 바다 속에 사람이 있고 사람 속으로 바다가 들어와 보였습니다.

에이게우스해라고 불리는 에게해의 신화 속으로 들어가 봅니다.

에이게우스왕 시절 라비린토스미궁에 해마다 12명의 젊은 남녀들이 제물로 바쳐집니다. 미궁의 괴물인 미노타우로스에 잡혀 먹히거나 미궁을 빠져 나오지 못하고 죽습니다.

에이게우스의 아들 테세우스가 괴물을 물리치러 미궁으로 들어갑니다.

"아들아! 네가 만약 살아 돌아온다면 흰 돛을 달고 오너라."

아버지는 아들에게 부탁합니다.

크레타섬에 있다고도 하는 미궁에 도착한 테세우스는 아리아드네공주와 사랑을 하게 되고 공주가 준 실타래를 풀며 미궁으로 들어가서 미노타우로스를 죽입니다. 그리고는 풀어놓은 실을 따라 무사히 미궁을 빠져 나와 아테네로 갑니다.

이런 이야기가 늘 그러하듯이 테세우스는 아버지와의 약속을 잊고 검은 돛을 달고 귀향하게 되지요.

이제나저제나 언덕 위에서 아들의 배가 들어오기를 기다리던 에이게우스왕은 아들의 배에 검은 돛이 그대로 달려 있는 것을 보고 아들이 죽었다고 생각하여 수니온곶에서 자살하게 되지요.

그래서 '에이게우스가 빠져 죽은 바다' 라는 뜻의 에게해가 생겨났습니다.

수니온곶을 돌아 나오자 에게해를 바라보며 작은 의자들이 나무 사이로 놓여 있습니다. 에게해에 석양이 깃들어 바다와 하늘이 빨갛게 물이 들어 핏빛 바다가 되면 사람들은 그것을 보고 "저것은 에이게우스의 피란다"라고 말했답니다.

'춤추는 초코파이' 라는 내가 좋아하는 이야기가 있습니다. 물론 이번 여행에서 만난 승호에게도 해주어서 웃음을 선사했지만 여기에서도 해야겠습니다.

한 초코파이가 있었습니다. 워낙 춤을 좋아하여 음악만 나오면 춤을 추는 것입니다. 이 꼴을 못 봐주는 사람들이 초코파이에게 "너, 한번만 더 춤을 추면 죽여 버리겠다"라고 협박했습니다.

이때부터 초코파이는 춤을 추지 않았습니다. 사는 재미는 없었지만 잘 지냈습니다.

그런데 어느 날 다리 위를 지나가는데 어디선가 음악소리가 들려왔습니다. 초코파이는 자기도 모르게 춤을 추기 시작하였습니다. 그 모습을 보고 있던 사람들이 달려와서 약속대로 초코파이를 강물에 던져 버렸습니다.

이야기가 끝이냐고요? 글쎄요.

참, 코끼리를 냉장고에 넣는 방법을 아십니까?

네, 냉장고 문을 연다. 코끼리를 집어넣는다. 냉장고 문을 닫는다.

맞습니다. 그러면 악어를 냉장고에 넣는 방법은요?

냉장고 문을 연다. 코끼리를 꺼낸다. 악어를 집어넣는다. 냉장고 문을 닫는다.

여기까지는 잘 알고 있는 사람이 많더군요.

동물의 제왕은 누구입니까?

사자이지요. 사자의 생일잔치가 열렸습니다. 모든 동물들이 무서워서 모두 생일잔치에 갔습니다. 그런데 간이 부은 동물 한 마리가 오지 않았습니다.

누구였을까요?

그 동물은 바로 냉장고에 갇힌 악어였습니다.

아마존강에는 악어가 득시글거립니다. 발이라도 집어넣었다가는 그대로 악어밥이 됩니다. 그런데 한 사람이 무사히 아마존강을 헤엄쳐 건너왔습니다. 어떻게 헤엄쳐 왔을까요?

그날은 사자의 생일날이라 모든 동물들이 사자 생일잔치에 가느라고 악어가 하나도 없었기 때문입니다.

아참, 이야기 하나가 남았네요. 어느 어부가 강에서 낚시를 하는데 하루 종일 물고기

한 마리도 잡지 못하였습니다. 약이 올라 그냥 가려다 마지막으로 한 번 더 낚시줄을 강물에 던졌습니다. 그런데 이게 웬일입니까? 낚시에 뭐가 걸렸습니다. 뭘까요?

그건 맨 처음 이야기에서 강물에 던져진 춤추는 초코파이였습니다.

이야기 하나하나가 각기 돌아앉아 있으면서도 결국은 환상環狀구조로 다시 모아지는 묘미가 기가 막힙니다.

그리스로마신화를 읽고, 이집트신화를 읽으면서 거기다 수메르신화인 『길가메시의 서사시』까지 찾아 읽으면서 느꼈던 것은 '춤추는 초코파이' 이야기처럼 서로가 각기 다른 이야기인 듯하면서도 다시 하나로 묶어지는 환상의 구조가 보입니다.

한데 아우러지는 서클의 중심, 옴파로스에 결국 사람이 자리 잡고 있는 것이 아니겠습니까?

Athens

아테네에 첫 발을 딛고

꿈에도 가고 싶었던 그리스였지만 아테네의 첫 인상은 내게 그렇게 화려하게 다가오지 않았습니다.

인천공항을 떠나 오사카 간사이공항을 거쳐 또 도하공항을 또 거쳐 집을 떠난 지 꼭 24시간 만에 닿을 수 있었던 그 먼 나라에 제가 왔습니다.

2004년 아테네 올림픽을 위해 새로 개항한 엘레프세리오스 베니젤로스공항에 내렸습니다. 초대 수상의 이름을 딴 이 공항을 사람들은 그냥 아테네공항이라고 부르더군요. 공항에 내리자 가장 먼저 눈에 띈 것은 노란 색 택시들입니다. 누군가를 태우기 위해 기다리는 공항의 택시들, 일정이 짜인 채로 관광버스에 몸을 싣는 것보다 그냥 아무 택시나 잡아타고 "자 갑시다. 민주와 신의 아테네로!"

라고 외치고 싶어졌습니다.

깔끔하고 정돈된 공항이라서 그런지 아테네도 무척 깔끔할 거라고 생각했습니다. 그러나 시내로 차를 타고 들어서자 모든 건물들이 납작하게 엎드려 있습니다. 나중에 들어 보니 지진의 피해를 줄이기 위해서 고층 건물을 안 짓는다는 것이고 또 하나는 아크로폴리스를 가릴 만한 높이의 건물은 허가가 나지를 않는다는군요. 골목을 다니다보니 아주 오래된 집들이 수리도 하지 않은 채 몇 백 년을 지낸 듯 서있기도 했습니다. 우리 같으면 이미 헐어버렸을 집들이 버젓이 한 나라의 수도에 자리하고 있는 게 놀라웠습니다.

또 하나 놀란 것은 아무렇게나 주차되어 있는 차들이었습니다. 땅만 파면 문화재가 나오는 통에 지하 주차장을 지을 수 없다보니 주차 시설이 부족해서 아무 길에나 세운다는군요. 결론은 주차 딱지로 끝나지만 몇 십 유로부터 몇 백 유로까지 나오는 벌금은 말만 잘 하면 깎을 수도 있다고 하니 아직 그리스에서는 인정이 통하나 봅니다.

그리고 2인승 차인 스마트가 많아 신기했습니다. 운전석과 조수석 뒤에 바로 붙은 범

퍼가 차를 뒤에서 밀어붙여 둔 것 같기도 해서 우습기도 했습니다. 그러나 우리나라의 대부분의 차가 나 홀로 승용차라는 것을 생각하면 웃을 일만은 아니지요. 우리도 저런 소형차가 많아지면 좋겠지요.

아테네의 길을 가다보니 길거리에 잎사귀가 큰 뽕나무 가로수도 많았지만 유난히 주황색 오렌지처럼 생긴 열매의 나무가 많습니다. 손을 뻗으면 딸 수도 있고 길에 떨어져 뒹구는 열매도 많습니다. 오렌지일까? 귤일까? 궁금했었는데 탱자 향이 나는 네란자라고 하네요. 쓰고 시어서 그냥은 먹지 않고 옛날에는 잼을 담가 먹었는데 이제는 아테네의 공해 때문에 담가 먹는 사람이 없다고 합니다.

아테네와 맨 처음 대면한 곳은 신타그마 광장이었습니다. 1월 초였지만 아직 크리스마스 트리도 그대로인 신타그마 광장에는 산타 복장의 할아버지도 있었고 많은 아테네의 젊은이들이 추위도 잊고 놀고 있습니다. 비둘기들이 다른 관광객들과 함께 지켜보고 있었던 것은 광장 옆의 무명용사 묘비였습니다. 이곳이 관심을 끄는 것은 경비병의 교대식 때문이었습니다. 과장된 몸짓으로 교대하는

모습을 사람들은 흥미롭게 지켜보고 있었습니다. 우리의 덕수궁이나 종각 수문장 교대식도 현대에 맞게 좀 과감하고 과장된 몸짓으로 시선을 끌었으면 좋겠다는 생각도 해보았습니다. 1923년에야 끝난 400년 여에 걸친 터키와의 독립전쟁과 기타의 전쟁에서 희생된 병사들의 영령을 달래주기 위해 만들어진 것인데 에브조나스라는 민속의상으로 치장한 경비병들이 30분마다 좌우 위치 교대를 하고 1시간마다 위병 교대의식을 갖는다고 합니다. 빨간 모자와 하얀 스타킹, 짧은 코트, 또 구두코에 달린 털방울까지 다소 여성적인 옷차림이 생경했지만 재미있습니다.

아테네 사람들은 하루를 둘로 쪼개서 산답니다. 새벽에 출근하여 11시에 퇴근하여 낮잠을 자고 다시 출근하여 근무하고 밤늦도록 즐기는 생활을 합니다. 남을 의식하지 않고 거의 모든 사람들이 동등하게 먹고 입는 것은 고대 그리스 때부터 내려온 습관입니다.

또 시간을 지키지 않기로 유명해서 시간 안 지키는 사람이 도리어 빨리 온 사람에게 화를 낸답니다. 신도 아닌 주제에 제 시간에 온다고요.

파르테논 신전 쪽 발코니를 통해 은은한 야경을 감상할 수도 있다는 호텔에 들었지만 제가 볼 수 있었던 것은 파르테논의 야경이 아니라 네난자 가로수가 밤에도 조명을 받아 열매가 빨갛게 빛나고 있는 도로 쪽이었습니다.

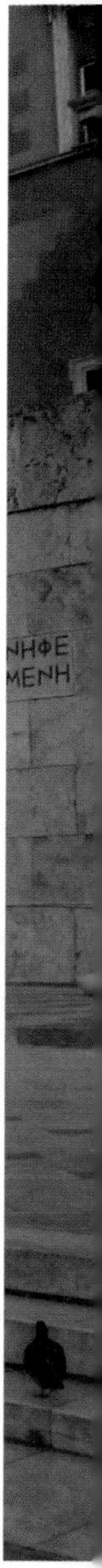

파르테논의 배흘림기둥에 기대서서

아테네에 가면 맨 처음 찾게 되는 것은 물론 아크로폴리스의 파르테논 신전일 것입니다.

세계문화 유산 1호라는 타이틀 때문이기도 하겠지만 미술 교과서나 세계사 교과서에 어김없이 실려 있는 웅장한 모습에 사람들은 누구나 가슴 속에 자신만의 파르테논 신전을 꾸며 놓았을 것입니다.

나 역시 내 가슴에 꾸며 놓은 파르테논과 실제의 파르테논을 비교하면서 실망하기도 하고 감탄하기도 했습니다.

'어째 좀 실망이다. 뭐 그렇게 웅장하지도 않는데…. 저건 뭐야? 아무 것도 없고 기둥뿐이잖아…. 흉물스러운 크레인이 언제까지 이곳에 있어야 하는 거지? 저, 강관비계 좀 봐. 그래도 사람을 압도하잖니? 그래, 그렇지만 이건 아니잖아?' 라며 투덜거려 보았자 무식 폭로밖에 안 되는 거고 우선 무지하게 사진을 많이 찍었습니다. 막상 돌아와 모니터로 확인해 보니 정작 내가 필요한 사진은 별로 보이지 않고 대리석 기둥과 비계의 기하학적 선과 면만 화면에 가득해 보입니다.

아주 먼 옛날 신들은 세상을 나누어 갖게 되었습니다. 여러 도시를 둘러본 바다의 신인 포세이돈은 아테네가 마음에 들어 자신의 것으로 만들고 싶어 했습니다. 그런데 지혜의 신 아테나도 이 도시가 마음에 들었습니다.

결국 포세이돈과 아테나는 도시의 시민들에게 선물을 보내어 어느 것이 좋은지 선택하도록 했습니다. 포세이돈은 자신의 트레이드마크인 삼지창을 아크로폴리스 언덕에 찍어 샘이 솟아나게 하였고 아테나 여신은 올리브 나무를 심었습니다. 아테네 시민들은 짠맛이 나는 포세이돈의 샘보다는바다의 신인지라 올리브 나무가 여러 모로 쓸모가 있다고 생각하여 아테나 여신의 선물을 택했습니다.

이리하여 이 도시 이름은 아테네가 되었고 지금부터 2500여 년 전인 BC 5세기께 이 도시 사람들은 이 신전을 지어 아테나 여신에게 봉헌한 것입니다.

믿기 어려운 말이었지만 파르테논 신전 부근에서는 휴대폰도 터지지 않고 새들도 날아오지 않는답니다. 그래서 도시의 건축물에 흔하디흔한 새 배설물이 전혀 보이지 않는다고 합니다.

이 위대한 건축물의 운명도 그리 순탄한 것은 아니었지요. 250여 년 동안이나 신전의 구실을 못하고 기독교 성당으로 사용되다가, 회교 사원으로도 사용되기도 했습니다. 그리고 터키 군대의 화약고로 사용되면서 1687년 베네치아군대의 포탄에 맞아 화약이 폭발하여 이틀 동안이나 불에 타서 건물의 중심부가 뭉개져 버리는 수모를 당하게 된 것이지요. 그리스의 역사만큼이나 슬픈 운명입니다. 그래도 지금은 해마다 수백만 명의 관광객이 모여 들어 아테네 시민들을 먹여 살려주고 있으니 불행 중에 다행이라고 해야 할까요?

파르테논 신전의 가장 큰 특징은 직선처럼 보이지만 직선은 하나도 없다는 것입니다. 곡선과 곡면만 이용하여 건물의 형태미에 치중하였습니다.

자세히 살펴보면 첫째로 기단이 평면이 아니라 가운데로 갈수록 위로 솟아 있습니다.

기단과 눈높이를 맞추어 앉아서 보면 확연히 차이가 납니다.

둘째로는 각 기둥 사이가 중앙에서는 벌어져 있다가 가장자리는 좁아지는 것입니다.

셋째로는 기둥들이 안으로 기울어져 지붕의 무게를 효율적으로 지탱하는 구조입니다. 이 기둥들을 하늘로 연장하면 한 점에서 만난다고 합니다.

넷째로 대리석 기둥의 가운데 네모난 홈을 만들어 납이나 나무못으로 위아래를 서로 고정시켜 주어 지진에 대비하였답니다.

다섯째는 가운데에 있는 다른 기둥들에 비해 가장자리에 있는 4개의 기둥의 두께가 더 두꺼운 것을 알 수 있습니다. 이것은 건물 안쪽의 시각적 영향을 전혀 받지 않는 모서리의 기둥들이 그 외의 다른 기둥들에 비해 상대적으로 가늘어 보이는 것을 방지하기 위해 고려되었던 조치입니다.

그래도 가장 중요하게 치는 건축기법은 위로 갈수록 알아보기 힘들 정도로 섬세하게 기둥의 지름을 줄여 중간 부위가 불룩한 배흘림앤타시스이지요.

이 모든 것들이 눈의 착시 현상뿐만 아니라 건축 미학적인 면과 현실적인 용도가 충분히 고려되었던 것입니다.

또 우리네 건축의 자연 입지와는 달리 평지이거나 산정이기 때문에 넓은 하늘을 배경으로 하자니 넓은 뒷면의 시각적인 공허함을 없애기 위해 자연히 기둥이 두꺼워질 수밖에 없었습니다.

여기서쯤 나는 우리의 부석사 무량수전을 떠올리지 않을 수 없었습니다. 누누이 들었던 배흘림기둥, 안쏠림기둥들을 중앙을 향해 다소 기울게 하는 건축 방식, 귀솟음끝부분의 처마를 살짝 올려주는 것, 선자연처마 끝의 서까래가 부채살 모양으로 퍼지는 것 등 우리 목조 건축의 우수성을 이르는 말들이 세계적으로 공인될 수 없냐는 것이지요.

나의 왜곡된 국수주의 때문인지 몰라도 나를 압도하는 외국의 문화재를 볼 때마다 반문하는 것들입니다.

파르테논이 2500년이나 쌓아온 시간의 무게를 100년도 못 살아온 제가 어림할 수 없겠지요. 그러나 앞으로 또 천 년이 지나도 꿈쩍하지 않을 돌들을 보면서 그 돌들과 시간에 관해 이야기를 나누어 보고 싶어졌습니다.

그러나 다가갈 수도 없게 금줄은 쳐져 있고 우리는 멀리서 사진 찍기에 바쁜 파르테논이었습니다.

파르테논의 배흘림기둥에 기대어 설 수 없었습니다.

아레오파고스 언덕에 올라

바위를 깍아 그대로 만든 돌계단이 하도 많이 닳아 맨들맨들해졌고 경사도 급하여 거의 기다시피 하며 하얀 바위산인 아레오파고스 언덕에 올랐습니다. 해발 115미터이지만 바위산을 오르는 것은 약 20여 미터면 족합니다.

아크로폴리스에 비하면 아주 보잘것없고 울퉁불퉁한 아레오파고스 언덕에서 더 많은 것을 배웠습니다. 거기에는 아무 것도 없습니다. 그저 앉기에도 울퉁불퉁한 넓은 바위와 중앙에 혼자 서 있기에 좀 불편한 돌을 깍아 세운 육면체가 있습니다. 말로는 거기에 죄인을 세워두고,

"네 죄를 네가 알렸다!" 고 족쳤다기에 모두들 한 번씩 올라서 봅니다.

이곳에서 재판을 받은 최초의 사람은 제우스신의 아들인 아레스였습니다. 사람들은 아레스가 재판 받은 이곳을 '아레스의 언덕' 이라는 뜻의 아레오파고스라고 부르게 되었습니다. 이런 유래 때문에 아레오파고스는 원래 살인죄를 범한 사람을 재판하는 장소였으나 시간이 지남에 따라 아테네 시의회 의원이 모이는 장소가 되었습니다.

저 아래로는 민중들의 장소였던 아고라가 보이고, 위로는 신들의 거처인 아크로폴리스가 내려다보고 있습니다. 중간에 위치한 귀족들의 모임 장소였던 아레오파고스 언덕에 오르니 많은 상념들이 머릿속을 스쳐갑니다.

고대 아테네는 크게 세 지역으로 구분되었는데 그 중 먼저 저 아래 보이는 아고라는 시민들이 일상적인 생활을 영위했던 상업과 집회의 중심지였습니다. 그런 만큼 가장 번잡한 곳이었으며, 자신의 주장을 펼치려는 사람들로 늘 북적댔고, 많은 철학자들이 길모퉁이에서 젊은이들에게 수수께끼 같은 질문을 던진 곳이었습니다.

흔히 기둥과 벽으로 이루어진 주랑이 아고라를 에워싸고 있었으며 주랑에는 상점이 들어서 있는 경우도 있었습니다. 그 당시에는 아고라를 도심으로부터 떨어진 곳에 설치하는 것이 일반적인 경향이었습니다.

아고라는 민회가 열리는 장소라는 뜻인데 고대 아테네 시민들의 정치, 경제, 문화 생활의 중심지였습니다. 젊은이들을 모아 놓고 자신의 생각을 주장하던 소크라테스가 자주 들르던 곳이기도 했습니다. 아테네의 민주정치가 그 싹을 틔운 곳이기도 했습니다. 신들이 거주하는 아크로폴리스와 달리 떠들썩하고 자유분방한 시민들의 활동 공간이었습니다.

인터넷의 다음 아고라에서 네티즌들이 뜨거운 공방을 벌이듯 저 아래 아고라에서도 매일 뜨거운 설전이 오고 갔을 것입니다. 그게 진짜 민주정치이지요.

돌계단 오른쪽으로 동판이 있는데 바울의 아테네 전도와 관련된 글귀가 적혀 있습니다.

"바울이 아테네에서 저희를 기다리다가 온 성에 우상이 가득한 것을 보고 마음이 분하여…"로 시작된 사도행전의 일부인데 두 번째 방문이었던 서기 51년에 아테네에 와서 이 바위산에서 전도를 했다고 전해집니다.

바울이 아테네에 왔을 때 그가 본 우상들은 제우스를 비롯한 그리스인들의 신이었고 그의 입장에서는 하나님이 아닌 다른 신을 섬기는 아테네인들에게 하나님을 전하지 않을 수 없었을 것입니다. 당시 아테네인들은 바울의 '유일신'에 대한 설교를 허무맹랑한 것으로 간주했기 때문에 그의 전도는 별다른 성과도 없이 끝났다고 합니다.

아레오파고스에서 오랫동안 아고라를 내려다보았습니다. 왼쪽의 헤파이스토스 신전과 오른쪽의 복원된 아탈로스 주랑과 나무들 사이의 몇 개의 대리석들, 저기가 고대 아테네에서는 가장 붐비는 번화가였을 것입니다. 지금은 몇 마리의 떠돌이개들과 관광객들만 한가롭게 거닐고 있습니다.

멀리 보이는 헤파이스토스 신전은 온전해 보입니다. 또 자세히 보니 수니온의 포세이돈 신전 모습과도 비슷해 보입니다. 헤파이스토스는 대장장이 신입니다. 제우스가 번개를 내리칠 때 망치로 번개를 만들어 주는 신이 바로 헤파이토스입니다.

그런데 이 헤파이스토스 신전은 아테네 인근에서 유례를 찾아보기 힘들 정도로 그 보존 상태가 완벽하여 그리스 신전을 연구하는 데 큰 도움이 된다고 합니다. 이 신전이 파괴되지 않은 것은 비잔틴 시대에 이르러 교회로 이용되었기 때문이라고 하지요.

기차는 8시에 떠나네

한 나라를 방문하는 일차적 목적이 관광이겠지만 가장 중요한 것은 그 나라의 사람을 만나고 그 나라의 문화에 접해보는 것입니다. 특히 그리스 노래는 다른 나라의 노래들보다 귀에 친숙한 곡이 많이 있어서 좋았습니다.

아테네를 떠나 메테오라를 거쳐 올림포스산을 지나 터키와의 국경으로 가는 중 내내 들었던 그리스 노래를 다시 찾아 듣습니다. 역시 계속 듣는 건 '기차는 8시에 떠나네' 입니다.

아르네스 발차, 밀바, 하리스 알렉시오, 나나 무스꾸리, 마리아 파란투리, 조수미 것까지.

누구나 기호는 다르겠지만 저는 하리스 알렉시오가 부르는 게 좋습니다. 일단은 그리스인의 정서를 담아낼 수 있고 쉰 듯하면서도 호소력 짙은 저음과 부주키 현의 깊은 떨림이 발차의 것보다 마음을 저며 주네요.

그리스를 일별하면서 느낀 것은 참 우리네와 비슷한 점이 많다는 것입니다. 반도인 점도 그렇고 숱한 외세와의 투쟁, 동족상잔, 그리고 군부 쿠데타, 군사독재 등…. 그리고 저토록 가슴에 와 닿는 밀키스 테오도라키스의 음악까지도.

돌아오지 않는 레지스탕스를 기다리는 여인이 불렀다는 이 노래는 밀키스 테오도라키스의 작곡으로, 작곡 배경은 당시 나치에 저항한 그리스의 한 젊은 레지스탕스를 위해 만들어졌으며, 카테리니로 떠나, 돌아올 줄 모르는 청년 레지스탕스를 기다리는 여심이 그려져 있다고 쓰여 있었습니다.

그러나 그리스에서 29년을 살았던 가이드 윤심 씨는 그게 아니라고 했지요.

그리스 실화라고 했는데 친한 친구끼리 우조그리스 전통주를 마시며 놀다가 홧김에 친구를 죽인 남자의 이야기랍니다. 무기 징역을 세 번그리스 무기 징역은 12년을 받은 친구가 카테리니 감옥으로 끌려가면서 부르는 노래라고 했습니다.

역시 진실보다는 인터넷에 떠도는 이야기들인 연가로 생각하는 게 더 듣기 좋네요. 때로는 이렇게 진실을 외면해 버리는 것이 더 속이 편한 세상입니다. 조수미가 부른 가사를 보면 연가 쪽이 진실 같기도 하고.

카테리니행 열차는 8시에 떠나가네
11월은 내게 영원히 기억 속에 남으리
내 기억 속에 남으리
카테리니행 기차는 영원히 내게 남으리

함께 나눈 시간들은 밀물처럼 멀어지고
이제는 밤이 되어도 당신은 오지 못하리
당신은 오지 못하리
비밀을 품은 당신은 오지 못하리

기차는 멀리 떠나고 당신 역에 홀로 남았네
가슴 속에 이 아픔을 남긴 채 앉아만 있네
남긴 채 앉아만 있네
가슴 속에 이 아픔을 남긴 채 앉아만 있네

—〈기차는 8시에 떠나네〉 가사 전문 (신경숙 번안)

SBS 드라마 〈백야〉白夜 주제곡으로도 사용되었던 '기차는 8시에 떠나네'는 신경숙의 소설 『기차는 7시에 떠나네』로 다시 태어나지요.

개인적으로 신경숙 소설을 좋아합니다. 이 소설 역시 읽은 지 오래 되어서 기억이 희미하지만 우울한 분위기, 세종문화회관 벽의 비천녀상, 야학, 운동권 등이 생각나네요.

그리고 책을 읽다가 수첩에 적었던

> 어리석었어. 무슨 생각으로 흘러가는 시간에 기댔을까. 시간은 밤에 문득 잠이 깨서 그저 가만히 누워 날을 새게 하거나, 현재진행형의 일들을 문득 지워버리고 집으로 돌아와 자버리게 하거나 했을 뿐이었다는 생각이 들어. 평화로워지기는커녕 이제는 무슨 일을 시작해서 실패를 하면 그 실패의 영향이 내내 앞으로의 인생에 상처로 작용하게 될 것 같아 살얼음판을 딛는 것같이 조심스러워. 어쩌면 인간이란 본래 이런 것일까? 본래 어느 구석이 이렇게 텅 비어 있고, 평생을 그 빈 곳에 대한 결핍을 지니고 살아가게 되어 있는 것일까?

이런 구절들이 새삼스럽네요.

기억이라는 야수와 시간이라는 허상이 만나는 그 지점부터 머릿속은 하얗게 지워져 버리는 깊은 겨울입니다.

Meteora

메테오라,
허공에 매달린 방울

메테오라의 바로 아래 마을인 깔람바카에 도착했을 때에는 어두운 밤이었습니다. 깔람바카는 이쪽 끝에서 저쪽 끝이 보이는 우리네 소읍 정도였습니다.

저녁 식사로 그리스 정식을 먹었습니다. 메뉴는 콩 스프, 양상추 샐러드, 안 매운 고추절임, 쇠고기 동그랑땡, 밥, 그리고 후식으로 사과 하나가 전부였지만 포만감을 느끼기에는 충분했습니다.

저녁 식사 후에 산책을 나갔습니다. 가벼운 밤바람을 맞으며 큰 길을 따라 걸었습니다.

지중해성 기후답게 는개비가 내리고 있었고 바람은 기분 좋게 불어왔습니다. 약간 추운 듯했지만 밤 깊은 도로를 걸어 마을을 둘러보는 것이 좋았습니다. 밍크옷 가게, 남자들만 앉아 축구중계를 보고 있는 레스토랑을 지나 목공예 가게도 들러 보았습니다. 거리에는 여자들이 거의 보이지 않았으며 좁은 차도에는 주차된 차량들이 많았습니다.

거리는 조명으로 화려했지만 밤은 어두웠습니다. 마을의 끝에 다 갔을 무렵 갑자기 눈앞에 잿빛 절벽이 안개 속에서 나타났습니다. 덩치 큰 코끼리가 옆모습을 보이며 묵중하게 서 있는 듯했습니다. 물론 우리는 코끼리 옆의 개미(?) 정도라고 느낄 만큼 압도했습니다.

메테오라는 그리스를 남북으로 가로지르는 핀도스 산맥에서 발원한 피오니스 강의 상류 근방에 하늘에서 떨어뜨린 돌기둥의 모습으로 100미터에서 600미터의 높이에 약 4 km 정도 늘어서 있습니다. 우리들이 쉽게 말해 버리는 기암괴석이란 말로는 다 표현할 수 없습니다.

'메테오라' 에서 '메테' 는 화성이나 운석, 또는 허공이라는 뜻이 있고 '오라' 는 '방울' 이라는 뜻이라네요.

메테오라의 형성에 관해서는 확실한 것은 없으나 피오니스 강이 흐르는 테살리아 평원에서 3만 년 전의 생선 화석이 발견된다고 하니 메테오라도 예전에는 바다 속이었다가 융기된 후 오랜 세월 동안 풍화와 물의 침식작용에 의해 그렇게 되었을 것이라는 설이 그럴 듯합니다.

돌기둥의 중간중간에 구멍 뚫린 곳은 자연동굴로 은둔자와 수도자들이 각자의 기도처로 이용한 흔적이 많이 남아 있습니다.

중세의 수도사들은 일반인이 쉽게 근접할 수 없는 깎아지른 듯 솟아 있는 메테오라의 바위산 정상에 터를 잡았습니다. 은둔과 고행 속에 신에게 다가가려는 마음에 거적 하나만 들고 산꼭대기로 올라가 내려오지 못하고 굶어 죽은 수도자도 있었습니다.

이 수도원을 지을 때 물자 보급은 산꼭대기의 흙이나 돌을 이용하기도 하였고 도르래를 이용하여 끌어올리기도 했습니다.

수도사들은 그물을 밧줄에 매달아 그물 안에서 발로 암벽을 밀면서 오르내렸다고 하는데 밧줄이 끊어져 누군가 죽지 않는 한 새 밧줄로 갈지 않았다고 하니 죽음조차도 신의 뜻에 맡긴 철저한 수도 생활이 무섭기조차 합니다.

20세기에 들어와서 계단도 설치하고 또 이곳에서 영화 촬영을 하면서부터 길도 닦이게 되어 관광객들에게 개방하고 있습니다. 1981년 제임스 본드의 영화 〈For Your Eyes Only〉의 클라이맥스 추격 장면에 성 트리니티 수도원이 배경으로 등장합니다. 그 외에 〈7인의 독수리〉라든지 〈십계〉의 촬영지이기도 합니다.

한 프랑스 고고학자는 스핑크스와 피라미드를 만든 건축가가 이 메테오라의 절벽을 보고 똑같이 만든 것이 스핑크스가 아닐까라는 주장을 하기도 했고 또 타이타닉호도 이걸 본따서 만들어졌다고도 하는데 믿거나 말거나 이지요.

메테오라의 고립된 수도원들은 그리스 정교가 중세의 오스만제국의 점령의 소용돌이 속에서도 종교적 전통과 헬레니즘 문화를 살아 있게 한 원동력이 되어주었습니다. 그래서 아직까지 남아 있는 6개의 수도원에는 비잔틴 후기의 프레스코화, 성상, 조각상, 벽화, 성경의 필사본 등이 남아 있습니다.

성 스테파노 수도원에는 요한의 손가락, 성 스테파노와 성 카랄람보스의 유골이 있고, 가장 크고 오래된 메칼로 메테오라 수도원에는 그곳에서 죽은 수도사들의 유골들과 뼈들로 가득 찬 방이 있는데 그 유골들은 우리들에게

"우리의 모습은 당신의 미래 모습"이라는 교훈이랍니다.

처음 가본 도시의 골동품 가게에 들른 남자는 기념품을 사고 싶었습니다.

골동품 가게 주인은 가장 유명한 품목이 거울이라고 하면서 가격이 만만치 않을 거라고 합니다. 그러나 돈이 많은 남자는 가격은 상관없다며 모두 보여달라고 하자 가게 주인은 왕들도 사지 못하는 거라고 하면서,

"요즈음 거울은 보통 가격이면 되지만 옛날 거울은 비싸오. 미래의 거울은 공짜인데…."

처음에 주인은 요즈음 거울을 보여줍니다.

"거울 틀은 은인데 가격은 금화 세 닢이오."

그 거울은 평범하였습니다.

"우리 집에는 이런 거울이 서너 개 있소. 다른 거울을 보여주시오."

그러자 가게 주인은 25년 전의 거울이라며 거울 틀은 구리인데 가격은 금화주머니로 100개라고 합니다. 잠시 망설이다가 거울을 들여다본 남자는 하마터면 비명을 지를 뻔했습니다. 그 거울 속에는 25년 전 자신의 모습이 있었습니다.

이번에는 금화주머니가 1,000개라는 나무틀로 된 거울을 보여주었습니다. 그 거울 속에는 일곱 살 때의 자신의 모습이 있었습니다.

남자는 거울 속 어린 자신의 모습을 보며 눈물을 흘렸습니다.

남자는 이번에는 공짜인 미래의 거울을 보고 싶다고 했습니다.

"이 거울은 금으로 되어 있지만 공짜인데, 이 거울을 가지려는 사람은 아무도 없는데…."

가게 주인이 말렸지만 남자는 기어이 미래의 거울을 보더니 바로 쓰러지고 말았습니다.

"미래의 거울에서 무엇을 보게 될 것인지 미리 예상하고 대비를 하게 했어야 되는데…."

남자가 보고 쓰러진 미래의 거울에는 앙상한 자신의 해골이 있었습니다.

쥬네이드 수아비의 『삶이 주는 선물』이라는 책 중 한 이야기입니다.

물질만 추구하는 우리들은 영혼의 세계로 창문을 활짝 열어 영원한 삶에 도달하게 해줄 밧줄을 잡고 천상의 수도원에 올라가는 수도사를 기다려 봅니다.

테르모필레에서,
역사는 가정이 없었다

아테네에서 메테오라로 가는 도중, 테르모필레 협곡 도로 옆에 레오니다스왕의 동상이 서 있었습니다.

주먹을 불끈 쥔 오른손을 들고 왼손에는 아테네 여신이 새겨진 방패를 들고 서 있는 모습입니다. 동상 아랫단에는 싸우는 병사들의 모습이 새겨져 있고 주위에는 곧게 뻗은 향나무 300그루가 자라고 있었습니다. 물론 레오니다스와 함께 싸운 300명의 병사를 의미하지요.

그리스에서 영웅으로 칭송받는 레오니다스는 결코 승리한 장군이 아닙니다. 비록 전쟁에서 패했지만 그는 영웅입니다.

그리스연합국과 페르시아와의 전쟁, 그중 세 번째 전쟁이 이곳 테르모필레에서 있었던 전쟁의 이야기입니다.

다리우스 1세의 아들 크세르크세스는 페르시아 왕이 되자 그리스 전체를 점령해 버릴 계획을 세웁니다.

그의 야욕에 놀란 그리스가 힘을 합해 페르시아에 대항하기에 이르렀고 테살리아에 방어선을 쳤지만 비현실적이라는 이유로 철수하고 육지에서는 테르모필레에, 바다에서는 아르테미시움에 방어선을 칩니다.

테르모필레는 '뜨거운 문' 또는 '불의 문'이라는 뜻으로 좁고 험한 협곡 지형이어서 소규모 병력으로도 대규모 병력을 방어하기엔 최적의 장소였습니다.

스파르타 왕 레오니다스는 최정예 군사들을 선발한 다음, 다시 그 중에서 아들이 있는 사람만을 골라 300명을 선발하였습니다. 아테네가 두 번씩이나 승리마라톤전쟁, 살라미스해전를 보여주었으니 이번에는 스파르타가 보여줄 차례라는 논리였으나, 실제로는 페르시아 대군을 피하기 위한 방편이었습니다.

하지만 레오니다스 왕 역시 스파르타의 모든 병력을 동원한다고 해도 페르시아를 꺾을 수 없다는 것을 잘 알고 있었습니다.

레오니다스는 테르모필레에서 300명의 부대를 몸소 지휘했습니다.

레오니다스는 몇 차례에 걸쳐 페르시아 군대를 잘 막아냈습니다. 이들은 좁은 협곡지역을 최대한 활용하였을 뿐 아니라, 창의 길이도 페르시아군보다 길어 육박전에 효과적이었습니다. 그리고 화살이 쏟아지는 가운데 자신의 방패로 옆 사람을 보호하는 놀라운 집단 전투 능력을 보이기도 했습니다.

그러나 페르시아군은 그리스인 반역자가 가르쳐준 우회로를 통해 배후에서 공격했습니다. 레오니다스를 비롯한 스파르타군은 치열한 전투 끝에 단 한 명도 남김없이 전멸

했습니다. 그러나 이 전투에서 페르시아군이 입은 손실도 막대했습니다.

결국 테르모필레는 페르시아의 손에 떨어졌습니다. 그러나 그 틈을 타 그리스 함대는 아르테미시움에서 퇴각할 수 있었고, 대승을 거둘 수 있는 발판을 마련하였습니다.

이 이야기는 2007년에 개봉된 영화 〈300〉에 잘 나타나 있습니다. 서구의 시각이 그대로 드러나게 만든 대표적인 영화입니다.

페르시아는 세계에서 가장 오래된 문명인 이집트와 메소포타미아의 고대문명을 통합하여 하나의 거대한 용광로 속에 녹여낸 최초의 세계 제국이었습니다. 원예를 취미로 지녔던 페르시아인은 뛰어난 통신체계, 잘 닦여진 도로망을 갖추고 있었습니다. 아주 아름다운 정원들을 가졌던 그들이었기에 '파라다이스' 라는 말도 여기서 유래했습니다. 말하자면 스파르타가 속한 그리스보다 훨씬 강대하고 문명이 발달한 나라였습니다.

반면 스파르타는 우생학적으로 열성인 아이를 절벽에서 떨어뜨려 죽이거나 일곱 살이 되면 아고게라는 단체에 들어가 스무 살까지 스파르타 교육을 받게 합니다. 머리는 빡빡 깎아야했고 침대는 갈대 침상에서 소박한 음식만 먹어야 했습니다. 그리고 스무 살부터 예순 살까지는 피디티온이라는 단체에 들어가 군대와 다름없는 생활을 하여야 합니다. 당시 스파르타에서는 전쟁에 나가는 전사에게 어머니는 이렇게 말했습니다.

"승리해서 두 발로 걸어오거나 여신과 함께 오너라."

여신과 함께 온다는 말은 전사했을 경우, 스파르타군은 시체를 방패 위에 눕혀서 메고 왔습니다. 방패에는 아테나 여신이 새겨져 있었습니다.

어찌 되었든 페르시아는 그리스와의 전쟁에서 지게 되었고 서구**유럽** 쪽 사람들은 아시아 쪽 사람들을 발바리안야만인이라고 부르며 경멸하게 되었고 자신들의 우월성을 과시하다 못해 영화에서까지 왜곡합니다.

톰 홀랜드는 자신의 저서 『페르시아전쟁』에서 '서구the West' 라는 실체를 탄생시킨 최초의 전쟁!' 이라고 이 전쟁을 묘사합니다.

역사에 가정은 성립할 수 없지만 그리스가 페르시아 전쟁에서 패했다면, '서구' 자체가 존재하지 못했을 것이라고 톰 홀랜드는 지적합니다.

테르모필레에는 "불의 문"이라는 말이 무색하지 않게 노천 유황 온천이 흐르고 있었습니다. 김을 모락모락 피우고 흘렀습니다. 계란 쉰 냄새 나는 온천에 발만 담갔습니다.

그리스인 조르바, 조르바 춤을!

니코스 카잔차키스는 그리스 중에서도 가장 그리스적인 곳인 크레타 섬에서 태어났습니다. 모래 섞인 무더운 아프리카의 바람이 사람을 반쯤 미쳐버리게 만드는 곳인 크레타 섬은 크레타 문명의 시원지로서 크노소스 궁전을 품에 안고 있지요.

크레타 섬은 태양이 타오르는 지중해의 곳대 높고 길들여지지 않는 늠름한 섬이라고 말들 하지요.

이런 크레타 섬에서 태어나 크레타를 배경으로 한 소설『그리스인 조르바』로 명성을 얻었으며 결국은 크레타 섬에 묻힌 니코스 카잔차키스를 머리 아프게 기억하지 않을 수 없습니다.

『그리스인 조르바』를 따라 크레타 섬과 니코스 카잔차키스를 만나봅니다.

작가는 일인칭의 시점에서 처음 조르바를 만나던 때부터 소설은 시작됩니다.

나는 조르바를 처음 피라에우스에서 만났다. 나는 크레타 섬으로 가는 배를 타려고 항구로 나갔던 것이다. 먼동이 막 트기 시작할 무렵 비가 오고 있었다. 강한 시로코 바람은 유리창이 닫힌 저쪽 작은 카페까지 파도의 포말을 날리고 있었다.

이 소설에는 세상사 근심걱정을 혼자 짊어지고 본능이 부르는 소리마저 애써 억누르려 하는 전형적인 그리스인 나와 술과 음악에 미쳐 있고 여자만 보면 팔짝팔짝 뛰는 도무지 앞뒤를 재는 법도 없고 당장의 현실에만 몰두하는 거침없고도 자유로운 인물인 조르바가 있습니다.

물레를 돌려 도자기를 빚는데 손가락이 걸린다고 도끼로 손가락을 잘라버리기도 하고 사업이 망한 뒤에는 "빈털터리가 되었으니 아무 것도 우릴 방해할 것이 없다"며 좋아하기도 하고, 구르는 돌멩이를 보며 "돌멩이조차 생명을 가지고 있구나!"면서 감탄하는 조르바에게 세상의 모든 것이 신비하고 즐겁습니다. 나 자신은 작중의 화자로 살면서 간절히 조르바를 원하는 이중적 세계관을 가지고 있나 봅니다.

이런 조르바에게 끌리던 작중 화자는 조르바에게 춤을 배우고 싶어집니다. 비상하고 자유롭게 마음껏 날 수 있는 춤을 배우고 싶어 합니다.

"일어나요, 조르바." 나는 소리쳤다. "춤을 좀 가르쳐 주오!"

조르바는 껑충 일어났다. 얼굴에서는 광채가 돌았다.

"춤을요? 주인님, 춤을 추겠다고요? 좋습니다!"

"그럼 갑시다. 조르바! 나의 인생은 변했소! 자 춥시다!"

"맨 먼저 제임베키코를 가르쳐 드리지요. 그것은 와일드한 군대식 춤이죠. 내가 군인 노릇을 할 때 전투에 나가기 전이면 언제나 이 춤을 추었답니다."

그는 신을 벗어던지고 자줏빛 양말도 벗고 셔츠 바람이 되었다. 하지만 몸이 달아서 이내 그것마저 벗어 던졌다.

"주인님, 내 발들을 보아요." 그는 나한테 명했다. "봐요!"

한 발을 내놓으며 사뿐히 발가락이 땅을 스치고 다른 발쪽을 짚었다.

스텝은 열광적이고 환희에 넘치는 것이었으며 땅이 북처럼 울렸다.

그는 내 어깨를 잡아 흔들었다.

"자, 이젠 당신 차례…." 그는 말했다. "함께 춥시다!"

우리는 춤에다 전신을 내던졌다. 조르바는 춤추는 법을 가르치며 끈기 있게 내 춤을 고쳐 주었다. 나는 점점 대담해지고 내 심장이 한 마리의 새처럼 날아오르는 것을 느꼈다.

이렇게 조르바에게 춤을 배운 작중 화자는 비로소 자유롭게 비상하는 정신적 고양을 느낍니다. 그러다가 결국은 조르바와 헤어져야 하는 순간이 왔습니다.

우리들의 머리 위에는 별이 총총한 밤이 뒤덮여 있었고 우리의 내부에서는 두 사람의 가슴이 어떤 해방감을 희구하면서도 서로 자제하고 있었다. 그에게 영원한 작별 인사를 하고 나는 속으로 생각했다. 한 번 잘 보고 나서 다시는 조르바에게 시선을 돌리지 말 것!

나는 그의 가슴에 머리를 파묻은 채 흐느껴 울 수도 있었다. 하지만 나는 부끄러웠다. 나는 내 감정을 감추려고 너털웃음을 웃어보려고도 했지만 안 되었다. 목구멍에 주먹만한 것이 가로막혀 있었다.

나는 독수리처럼 고개를 꼬고 말없이 술을 마시는 조르바의 얼굴을 보았다. 그를 바라보면서 나는 우리들의 인생이라는 것이 정말 알 수 없는 신비라는 것을 절감했다. 사람들은 만났다가는 바람에 날리는 나뭇잎, 풀잎처럼 다시 뿔뿔이 흩어지고 만다. 눈길은 당신이 사랑한 사람의 얼굴 모습, 몸매, 몸짓을 잊지 않으려고 애를 쓰지만 부질없는 노릇이 되고 만다. 기억해 낼 수가 없다.

인간의 영혼은 놋쇠 따위로 만들어 놓았어야 옳았다. 아니면 강철로 만들었어야 한다. 나는 속으로 울었다. 조금도 어색하지 않았다.

카잔차키스는 『그리스인 조르바』 외에도 많은 글을 썼습니다. 신에 대한 회의도, 인간에 대한 경외도 모두 글로 남긴 그는 두 번이나 노벨문학상 후보에 오르기도 했습니다. 그리고 바람처럼 아래와 같은 묘비명을 남기고 크레타 섬에 묻혔습니다.

폭포를 향하여 밀려가지 않으려고
필사적으로 노를 저었던 위대한 무사는
마침내 노를 걷어 올리고 노래한다.

이 노래가 나의 목숨이게 하소서

나는 아무것도 희망하지 않고

두려워하는 것이 이제는 없소

나는 자유라오

조르바의 춤은 정형화된 것은 아닙니다.

스텝을 밟고 팔을 흔들고 맹렬하게 추는 춤이지만 결국은 자유를 향한 비상입니다.

규칙과 춤의 법도에 따른 정중한 것이 아닙니다. 춤을 추다가 흥겨워지면 사뭇 신명이 난 떨리는 율동이 됩니다.

춤을 추는 게 아니라 춤 자체를 사랑해서 추는 춤입니다.

모래밭이 파이도록 스텝을 밟는 두 사람은 서산에 해가 떨어지는 그 순간에도 자신의 춤에 열중합니다.

카잔차키스가 "내 평생을 통해서 나에게 가장 큰 혜택을 준 것은 나의 꿈과 나의 여행이었다"라고 말했던 것처럼 나도 내 인생에 가장 큰 혜택을 받은 것이 여행과 꿈이 아니었나 생각해 봅니다.

Olympos

비나 눈도 접근 못하는 올림포스 산

4차선의 포장도로를 달려 데살로니키로 가는 도중 왼쪽 차창으로 흰 눈을 머리에 인 올림포스 산이 보입니다. 흰 눈만 머리에 이고 있는 게 아니라 구름도 함께 언저리에 두르고 있습니다. 맑고 파란 하늘의 한 쪽으로 하얀 눈과 흰 구름이 대조적입니다.

가까이 다가갈 수도 없었고, 머물러 볼 여유조차 없었습니다. 무정한 버스는 무작정 터키 국경을 향해 달려가고 있었으니까요.

올림포스라는 산 이름은 그리스, 터키, 키프로스 여러 곳에서 찾을 수 있는데, 올림포스라는 이름이 본디 '산'을 뜻하는 원주민의 말에서 비롯된 것입니다.

호머는 올림포스 산의 위치를 구체적으로 말하지 않았기 때문에 오늘날까지 서로 자신들의 산을 신화 속의 진짜 오리지널 올림포스

산이라고 주장하지요.

그러나 이곳 테살리아의 올림포스가 그리스신화 속의 올림포스라는 견해가 지배적입니다. 일단은 그리스에 위치하고 있고, 험한 산세와 함께 예로부터 부근의 사람들이 영산으로 경외하고 있었기 때문입니다.

어떤 학자들은 올림포스가 그리스 말로 단순히 '높은 산'을 뜻한다고 풀이합니다. 그리스 사람들은 최고의 신 제우스가 하늘에 가장 가까운 높은 산에 지은 황금궁전에 산다고 생각하였다는 거지요. 그러나 그 산꼭대기를 답사하여 '제우스의 황금궁전'이 없다는 것을 발견하면, 더 높은 산에 신들의 황금궁전이 있을 거라고 생각했다는 것입니다.

이런 식으로 자꾸만 바뀌어 마침내 그리스의 북부에 있는 최고의 산이 진정한 올림포스가 되었다고 주장합니다.

또 그리스 사람들이 각지로 이주함에 따라서 다른 곳의 높은 산에도 같은 이름을 붙이게 된 것이라고 보는 학자도 있습니다.

호머의『일리아드』에서는 '바람도 흔들지 못하고 비나 눈도 접근조차 못해 언제나 청명하고 빛이 내리쬐는 곳' 이라고 표현되어 있습니다.

그러나 지금의 올림포스는 9월부터 4월까지 늘 눈이 쌓여 있습니다. 그리스신화 시대에는 올림포스가 좀 더 다른 환경이었을지도 모릅니다. 눈이 쌓여 있으면 안 되니까요.

아무튼 호머 이래 제우스 이하의 신들이 사는 곳으로 믿어졌으며, 헬레니즘 시대에 높이 2817미터의 성 안토니오스의 봉우리 정상에 제우스의 성소가 설치된 것이 알려졌습니다. 그리스에서 가장 높은 2917미터 의 미타카스봉을 비롯하여 2700미터 이상의 봉우리가 7개나 있습니다.

올림포스는 수시로 날씨가 변덕을 부립니다. 잠깐 맑은 하늘 밑의 영봉을 보이다가도 금방 찌푸린 구름이 하늘을 가리는 그야말로 변화무쌍한 기후로 정평이 나 있습니다.

정말 올림포스의 정상을 볼 수 있는 기회는 어렵답니다.

그래서 고대 그리스인들은 좀처럼 정상을 보여주지 않는 험산險山을 올려다보며 "저런 곳이라면 신들이 살겠다"고 생각하지 않았을까요.

에게해에서 불어온 습한 공기가 산을 타고 올라가다가 산마루의 낮은 기온을 만나 수증기로 변해 늘 구름이 생겨나고 수시로 변덕스러운 날씨를 보여주기 때문이지요.

그리스인들은 정상에 있는 수십 미터짜리 널찍한 바위절벽을 제우스 옥좌의 등받이라고 생각했습니다. 움푹 팬 축구 경기장만한 분지는 제우스의 발자국으로 믿었습니다.

그리스신화는 바로 올림포스의 곳곳에서 시작되고 있습니다.

제우스는 바람둥이 신이었지요.

여동생인 헤라를 아내로 삼은 후에도 애정행각을 멈추지 않았습니다. 제우스는 인간세상에 내려와 미녀들을 희롱했습니다.

그때 제우스가 질투의 여신인 아내의 눈길을 피하기 위해 동물로 변신하거나 먹구름을 산 정상에 덮어놓곤 하였습니다. 그래서 그리스인들은 수시로 끼어 있는 올림포스의 잿빛 구름을 제우스가 아내의 눈길을 피하기 위해 덮어놓은 것으로 상상했던 것입니다.

그래서 그리스인들은 지금도 갑자기 짙은 구름이 밀려들면

"제우스가 바쁘시겠군"이라는 농담을 주고받는답니다.

어느 여행 안내서에 '올림포스를 등반하려면 목숨을 담보하여야 한다'라는 경고가 있을 정도라네요.

올림포스 산에서 신의 음식인 암브로시아를 먹고 신들의 음료인 넥타를 마시면서 향연으로 나날을 보낸 신들은 인간들에게 그 모습을 쉽게 보여주고 싶지 않나 봅니다.

사랑에 목숨 걸었던 마리아 칼라스

제가 그리스 여행기를 쓰고 있다고 하자 한 지인은,

"마리아 칼라스를 빼면 그리스가 아니지" 라고 말했습니다.

그래서 그리스의 마지막으로 칼라스를 집어넣었습니다.

칼라스의 노래를 듣고 칼라스의 책을 찾았습니다. 검색해보니 그간 국내에서도 칼라스의 책들이 『칼라스의 평전』 『마리아 칼라스의 사랑과 예술』 『마리아 칼라스 : 내밀한 열정의 고백』 『하늘이 선물한 목소리 마리아 칼라스』 『마리아 칼라스: 사랑에 살고 노래의 살고』 『오페라의 여왕 마리아 칼라스』 등 많은 책들이 그녀를 소개했더군요. 덕택에 그 중에서 『마리아 칼라스 : 내밀한 열정의 고백』을 보게 되었습니다.

마리아 칼라스만큼 나에게 연민과 아쉬움을 남긴 가수는 없습니다. 그녀가 부른 노래만큼이나 .

그녀에 대한 찬사 중에

“권태로웠던 신들이 그녀에게 자신들의 목소리를 소생시켜 놓았다”라든지 이탈리아 밀라노의 라 스칼라 극장은 칼라스에게 ‘오페라의 여신’ 이란 칭호를 수여했고, “오페라에서의 B.C.란 ‘Before Christ’ 가 아닌 ‘Before Callas’ 이다”라고 말한 〈Callas Forever〉를 만든 프랑코 제피렐리 감독까지 그녀에게 주어진 찬사는 끝이 없더군요.

마리아 칼라스는 전설적인 소프라노로 레제로, 리릭, 드라마틱, 콜루라투라의 네 가지 영역을 모두 넘나들었을 뿐 아니라 메조소프라노 영역까지 소화하기도 했다니까 얼마나 그녀의 역량이 풍부했는지 짐작할 수 있습니다. 다른 가수들은 한 영역도 소화하기 힘든데 전 영역을 넘나들면서, 오페라의 연기도 공식을 파괴한 사실적이고 리얼한 연기를 함으로써 오페라에 관한 한 그녀의 B.C.가 성립하는 셈이지요.

그녀의 노래를 듣고 있으면 남들은 카리스마가 느껴진다고 하는 데 저는 참 편안하게 부른다는 생각이 들더군요. 열정마저도 마음속에 감추고 그저 편하게 부르는 스타일이 저를 사로잡았는데 그건 테크닉이 워낙 뛰어나다보니 그렇다고 하네요.

마리아 칼라스는 1923년에 미국에서 태어나 1937년 그리스로 돌아오면서 그녀의 음악 인생은 시작됩니다. 어머니의 적극적인 후원 아래 이듬해부터 아테네의 국립 콘서바토리에서 노래를 배우게 됩니다. 칼라스가 어머니를 극도로 미워하게 된 원인이기도 했습니다.

1947년부터 본격적인 음악 인생이 시작되었는데 누구나 그러하듯이 처음에는 좌절과 고전을 면치 못하다가 칼라스는 1951년 라 스칼라에서 대단한 호평을 받은 시즌 개막 공연을 시작으로 1958년까지 최고의 전성기를 맞게 됩니다.

그동안 그녀는 메네기니라는 사람과 26살 때 결혼하지만 그를 별로 사랑한 것 같지는 않고 메네기니도 그녀보다 그녀가 벌어오는 돈을 좋아했습니다.

처음에 칼라스는 뚱뚱하고 덩치가 크고 껑충해 외모는 매력이 없었는데 1954년 아주 짧은 기간에 무려 30kg을 감량하는 데 성공해서 그녀는 외모로도 충분히 사람들을 사로잡게 됩니다.

1957년엔 베니스의 한 파티에서 메네기니와 칼라스 부부는 후에 그녀의 말대로 " 가장 사랑하기도 하고 가장 저주하기도 한" 오나시스를 처음 만나게 됩니다. 이듬해 6월 칼라스 부부는 오나시스의 요트에 초대받게 되었고 항해가 끝나갈 즈음엔 칼라스는 오나시스의 연인이 되었으며 자신에게 그토록 헌신적이었던 남편과 이혼하게 됩니다.

일설에는 오나시스가 상류사회의 클럽에 들어가기 위해 칼라스를 이용하였다는 말도 있습니다.

선박왕 오나시스와의 사랑이 시작되고, 오나시스가 마련한 파리 아파트에서 거주하며 파리 오페라를 중심으로 활동하게 되었습니다.

오페라보다는 사랑에 목을 매던 마리아 칼라스는 오나시스가 케네디가의 미망인 재클린과 결혼을 하자 그 충격으로 파리의 한 아파트에서 홀로 칩거하다 1975년 오나시스의 죽음 이후 생의 의욕을 잃고 1977년 9월 16일 숨을 거두게 됩니다.

국적을 바꾸면서까지 전 남편과 이혼하고 배신을 당했으면서도 다시 찾아온 남자를 받아주고 명성과 부귀를 모두 팽개친 채 사랑에 목숨 걸었던 칼라스.

그녀의 이런 무모한 사랑에는 불우했던 어린 시절과 콤플렉스, 그리고 어머니의 학대에 가까운 훈육이 복합적으로 작용한 것 같습니다. 그녀의 어머니는 전쟁이 곧 일어날 거라는 주변의 경고에도 마리아의 성악 공부를 아테네에서 시켜야 한다고 떠나지 못하게 했다고 합니다.

그 때문에 결혼을 포기하고서 어느 부자의 첩으로 살며 생활비를 벌어야 했던 언니 재키가 있었고 자신을 위한 삶이라고는 한 번도 살아보지 못하고 남이 요구하는 대로 다 해줘야 했기에 칼라스는 사랑에 목숨을 걸어야 했겠지요.

곡을 해석하는 뛰어난 심미안과 곡을 완벽하게 소화하기까지 쉬지 않고 반복과 연습을 거듭한 그녀였기에 오페라의 여신이라는 말을 듣게 되었을 것입니다.

그리스인들의 다혈질 성격에다 그리스 여자로서 겸손과 절제를 함께 지녔던 그녀가 최상의 찬사와 처참한 몰락을 함께 경험해야 했던 것은 팜므파탈의 전형인지도 모릅니다.

이 글을 쓰면서 그녀가 부른 '카스타 디바'를 계속 들었습니다. 소름이 끼친다는 느낌을 아시겠습니까? 손가락 마디마다 힘이 없어지면서 어깨가 내려앉으며 소슬한 기분이 드는 느낌입니다. 그리고 머릿속의 한 소실점을 향하여 모든 신경이 달려가는 듯한 기분 말입니다. 그녀의 마지막 카덴차 부분에 가면 더욱 소름이 쫙 돋네요.

부드럽게 흘러가면서 특별히 힘을 주어 부른다는 생각도 들지 않지만 거기에서 나도 모르게 느껴지는 힘- 음악의 카리스마가 아닐까요.

동양과 서양이 절묘하게 뒤섞인

터키

이스탄불, 처음인 것처럼 / 아야 소피아의 영광을 다시 한 번!
보스포러스 다리에 해가 걸리다 / 블루모스크를 보며 이슬람사원을 알다
팜므 파탈, 그 숙명적인 독배 / 돌마 바흐체는 너무 화려했다
마지막 왕자, 마흐메트 오르한 / 위스크다르 가는 길에 비가 내리네
일리아드를 찾아서 트로이로 / 아이발릭으로 가는 길에 스친 사포와 레스보스
사테에 기게스의 반지를 / 아르테미스 신전과 순례문
에페소를 탐험하다 / 상품이 되어버린 신과 신화
모멘토 모리, 네크로 폴리스를 지나 히에라 폴리스로
기기묘묘한 카파도키아 / 터키의 그랜드 캐넌, 우치사르
캐러밴 사라이에서 실크로드를 만나다 / 거꾸로 나귀를 탄 나스레딘 호자
위대한 술레이만과 록셀란

TURKEY

Istanbul

이스탄불, 처음인 것처럼

이스탄불 방문은 두 번째입니다.

다시 방문하게 된 이스탄불에 대해 아무런 기대도 없었습니다. 누구에게나 그러하듯이 처음 감동은 잊지 못하지요. 두 번째부터는 그 감동이 반감되는 숙명을 체득한 탓이지요.

블루 모스크를 보고 아야 소피아를 방문하면서부터,

'이게 아니구나. 난 아직도 이스탄불에 대해 아무것도 몰랐구나' 하는 자괴감에 빠졌습니다.

그래서 처음 만나는 것처럼 이스탄불에 빠져 보기로 하였습니다. 처음 떨림으로 이스탄불을 보고, 느끼고, 사랑하며 다녔습니다.

역사학자 토인비는 터키의 역사도시 **이스탄불을 일컬어 '인류 문명의 살아있는 거대한 야외 박물관' 이라 했습니다.**

이스탄불 베야지트 광장을 중심으로 반경 1km내에 인류가 이룩한 5천 년 역사의 문화유산들이 그대로 살아 숨쉬고 있었습니다. 일부러 걸어서 관람하기에 알맞게 배치시켜 놓은 듯했습니다.

히타이트, 앗시리아 같은 고대 오리엔트 문명에서부터 그리스, 로마 문화, 초기 기독교 문화, 비잔틴 문화, 그리고 이슬람 문화의 진수들이 길 하나를 사이에 두고 또는 한 거점에서 서로 만나고 있어 여기서 저곳의 모습을 조망하다가 다시 그곳에서 다른 곳을 찾는 그런 식이었습니다. 비잔티움, 콘스탄티노플이란 옛 이름을 가진 이스탄불은 동양과 서양, 옛 것과 새 것이 절묘하게 배합된 어울림의 도시입니다.

유럽과 아시아가 1km 정도의 다리 하나로 연결되어 있습니다. 다리 하나로 아시아와 유럽을 오고 가는 감회는 언제나 새로웠습니다. 불과 몇 번 버스를 타고 오고갔지만 늘 대륙을 넘나드는 기분으로 다녔습니다. 유럽 쪽 도시가 이스탄불이고, 맞은편 아시아 쪽이 민요에 나오는 유명한 마을 위스크다르입니다.

이스탄불은 지정학적인 위치 때문에 육상 실크로드의 끝이고 해상 실크로드의 시작이었지요. 북아프리카나 로마에서 실려 온 물건들이 이곳에서 동방상인들 손으로 건너갔습니다. 돈과 환락과 사치가 있는 이스탄불로 전 세계의 미녀들이 몰려들어 흥청거렸으며 피부색이 서로 다른 숱한 민족들과 수많은 종교와 신화가 이스탄불이라는 용광로 속에서 하나로 융화되었습니다. **이스탄불은 서양의 품안에 요염하게 안기기는 했어도 동양의 자태를 그대로 드러내고 있습니다.**

그리스의 지도자 비자스는 기원전 7세기 델피 신전의 신탁에 따라 세 바다가 만나는 천혜의 요새인 보스포러스 맞은편 언덕에 새 식민도시를 건설했습니다. 비자스의 이름을 딴 비잔티움이란 도시였지요.

그리스신화를 간직한 풍요로운 도시 비잔티움은 그 뒤 서기 196년 로마제국에 함락되었습니다. 그러다 326년 콘스탄티누스 황제가 이 도시를 로마의 새 수도로 정하면서 화려한 콘스탄티노플로 다시 태어납니다. 세계 부의 상징이었던 인구 100만의 콘스탄티노플이 1천 년간 종교와 사상의 중심지로서 인류가 이룩한 가장 눈부신 업적 중의 하나입니다.

그러나 1453년 5월 29일, 유럽의 정신적 요람이었던 콘스탄티노플은 동방의 새로운 강자 오스만제국에 함락됩니다.

정복자 술탄 마호메트 2세는 그리스 정교의 심장부인 성 소피아성당에서 이슬람식 예배를 올립니다.

그리고 오스만 군대의 오랜 전통에 따라 3일간 군사들에게 정복자의 특권인 약탈을 허용했습니다. 서양과 동양은 서로 뼈아프게 섞이고 만나 3일 후 도시는 새로운 평정을 되찾았으나 이미 콘스탄티노플은 화려한 도시가 아니었습니다. 이슬람의 도시 이스탄불로 바뀌면서 동서양이 조화한 독특한 문화를 만들어 가게 되지요.

이스탄불은 화려하기보다는 다채롭다는 표현이 맞습니다. 옛 성벽을 지나면서, 수도교를 한눈에 다 넣으면서도 다 넣을 수 없는 그런 다채로움 말입니다. 터키 남자들의 깊은 눈동자가 의미하는 것들을 음미해보면서 역사가 깊은 도시일수록 깊이가 있다는 평범한 진리를 되새겼습니다. 광장에 내려앉는 비둘기 떼도 역사였습니다.

TURKEY

아야 소피아의 영광을 다시 한 번!

아야 소피아만큼 기구한 운명을 가진 사원이 있을까요?

적갈색의 장중한 돔. 이게 바로 아야 소피아 사원입니다. 아야 소피아 사원의 역사를 들여다보는 것은 곧 터키의 역사를 들여다보는 것과 같습니다.

기독교가 부흥되었던 비잔틴 시대에는 국가의 중심교회로 사용되었고 비잔틴이 무너질 때에는 이슬람 사원으로 사용되었습니다.

한 건물에 공유할 수 없는 두 종교의 흔적이 남아 있습니다. 뼈아픈 상흔이지요.

성 소피아의 원래 이름은 하기야 소피아입니다. 터키사람들은 아야 소피아라고 부르지요. 그 뜻은 **'성스러운 지혜'** 라는 뜻이 있습니다.

성 소피아사원은 두 번이나 붕괴된 역사를 가지고 있습니다. 사원은 성스러운 곳으로 인식되어 왔던 고대사람들의 사고를 고려할 때 교회의 파괴는 자연재해가 아니라면 분명 정치적 대혼란이 있었음을 설명해 주지요.

첫 번째 건물은 AD 390년에 지어졌습니다. 지붕이 목조로 된 바실리카 양식의 건물이었던 이 사원은 404년에 화재로 소실되었습니다.

두 번째 건물은 테오도시우스 황제의 명령으로 역시 바실리카 양식으로 지어졌으나 유스티니아누스 황제 때 히포드롬에서 마차 경기 도중 일어난 니카 반란에 의해 파괴되었습니다.

유스티니아누스 황제는 같은 해에 성 소피아의 재건축을 시작했습니다.

현재 우리가 보는 건물은 세 번째 지은 건물입니다. 이 건축에 동원된 기술자는 100여 명, 노동자는 1만 명이 넘었습니다. 이 건물은 5년 10개월 간의 공사 끝에 537년 12월 27일 완공되었습니다.

유스티니아누스 황제는 최고의 교회를 짓기를 원했기 때문에 아주 귀중한 건축 자재를 제국의 여러 지역에서 운반해왔습니다.

녹색 대리석 기둥은 고대의 7대 불가사의로 알려진 에베소의 아르테미우스 신전에서 가져온 것입니다. 중앙 본관에 반암 기둥은 바알벡에서 가져왔습니다. 그리고 사원은 신의 영역인 천상을 표현하고자 둥근 지붕을 올렸습니다.

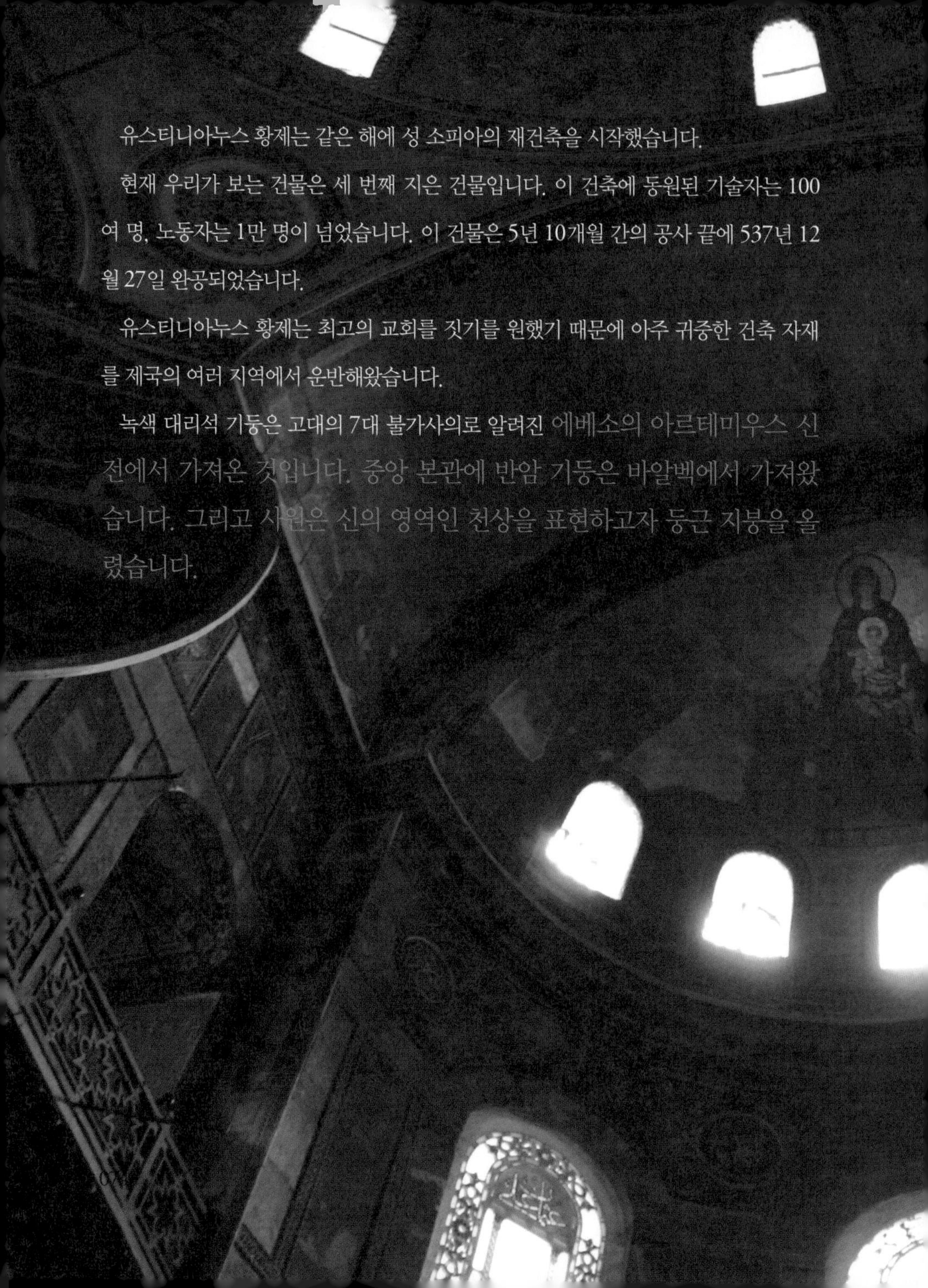

성 소피아의 돔은 돔 형식의 다른 건축물들보다 가장 완성도가 높고 웅장합니다.

성 소피아의 개장식은 대단히 화려했으며 유스티아누스 황제가 내부의 화려함을 보았을 때,

"오, 솔로몬이여! 내가 당신을 이겼소!" 라고 소리쳤다고 합니다.

비잔틴 제국 당시 성 소피아는 황제 대관식, 또는 전쟁의 승리를 축하하는 등의 중요한 장소로 사용되었습니다.

다른 한편으로는 많은 고난을 당하기도 한 건물입니다.

성화 파괴 운동이 일어났을 때에 많은 모자이크와 프레스코화가 손실되었습니다. 1204년에 일어난 제4차 십자군전쟁 때는 십자군들의 약탈의 대상이 되기도 했습니다. 그후 1453년 오스만제국이 콘스탄티노플을 점령한 후 술탄 메흐멧에 의해 모스크로 사용되었습니다. 오스만제국이 이스탄불을 정복하기 전까지 그리스 정교회가 916년 동안 사용했습니다. 술탄 메흐멧은 성 소피아를 회교사원으로 바꾸라고 하였습니다. 모든 벽화들과 모자이크에는 회색 회칠이 더해졌습니다.

다행스럽게도 터키인들이 모자이크를 파내지 않고, 두께 5cm 이상의 횟가루도 덮어버렸기 때문에 1934년에 케말 아타투루크터키 초대 대통령에 의해 박물관으로 바뀌고 나서, 복원공사가 이루어져 비교적 원형에 가까운 모자이크를 볼 수 있게 되었습니다. 아직도 회칠을 벗겨 내지 못한 곳에는 어떤 성화가 보물처럼 숨겨져 있을지 모르는 일입니다.

입구를 통해서 바깥 복도를 지나 안 복도에 들어서면 중앙에 '황제의 문' 이라 불리는 커다란 문이 있습니다.

전설에 의하면 원래의 문은 노아의 방주에서 가져온 나무로 만들었다고 합니다. 양옆은 신하들의 문이 있었지만 우리는 당당히 황제의 문으로 들어가 보았습니다. 문을 들어서서 성 소피아 중앙 홀로 들어서게 되면 웅장하고 위엄 있는 모습이 왜 세계 7대 불가사의 건축물에 속할 수 있었는지 누구나 느낄 수 있습니다.

본당 좌우에는 두 개의 커다란 항아리가 있는데 버가모에서 가져온 것이랍니다. 버가모의 한 농부가 밭을 갈다가 항아리 세 개를 발견했는데 두 개는 황제에게 바치고 자신은 하나를 가졌답니다. 그 속의 금은보화는 황제에게 바쳤겠지요. 황제는 그 농부에게 버가모의 땅을 하사했답니다. 버가모 지방에서는 재산을 항아리에 넣어 보관하는 풍습이 있답니다.

전쟁에 나가야 했던 버가모의 한 장군이 전 재산을 항아리에 넣고 묻었는데 그것이었을 거라는 이야기도 있습니다. 그러나 그 항아리의 용도에 대해서는 올리브오일 저장용이라든지 포도주 저장용, 아니면 술탄의 물항아리일지도 모른다는 말도 있더군요.

아야 소피아의 벽과 천정과 바닥을 하나도 놓치지 않으려고 열심히 보고 사진도 찍었습니다. 그러나 돌아와 생각해보고, 모니터를 들여다보아도 허상만 남습니다.

아야 소피아의 영광도, 고난도 한낱 물거품인지 모릅니다.

지금까지 나에게 있었던 그 모든 고난과 영광도 말입니다.

보스포러스 다리에 해가 걸리다

신화는 과거 속에 가만히 있지 않습니다. 지금도 생생하게 살아서 팔딱거리며 전 세계와 우주 속의 별자리에까지 파고듭니다. 신화는 계속 확대 재생산되어 사람들에게 무한한 상상력의 공간을 만들어줍니다. 그리고 사람들이 숨을 곳도 마련해 줍니다. 사람들의 변명거리도 기꺼이 되어 줍니다.

특히 사람이 해서는 안 될, 도덕적 비난을 면키 어려운 일을 해야 할 때 좋은 피난처가 되어 주는 것 같습니다. 특히 제우스 같은 신을 내세우며 자신을 합리화하는 사람들에게 더욱 그러합니다.

요즈음 〈사랑과 전쟁〉이라는 TV 프로그램을 보노라면 제우스 생각이 바로 떠오를 때가 많습니다.

제우스가 바람둥이였다는 것은 천하가 다 아는 사실이지요. 그는 이나코스강의 신의 딸 이오와 바람을 피웠지요. 하지만 질투가 심한 헤라를 늘 조심해야 했지요.

헤라는 어느 날 이상하게 먹구름과 안개가 가린 곳을 보게 되지요. 여자의 직감은 여신에게도 마찬가지였는지 헤라는 현장을 잡으러 달려오지요. 다급한 제우스는 이오를 송아지로 변신시켰습니다.

이를 모를 리가 없는 헤라는 송아지를 못 살게 굴어야겠다고 생각하고 송아지를 자기에게 달라고 합니다.

별다른 변명거리도 없었던 제우스는 헤라에게 이오를 넘깁니다.

헤라는 100개의 눈을 가진 아르코스에게 송아지의 감시를 맡깁니다. 아르코스의 눈은 번갈아 감았다 떴다 하며 잠을 잘 수 있어 24시간 감시할 수 있었지요.

이걸 본 제우스는 이오가 가여워서 어쩔 줄을 몰랐습니다. 방법을 생각해낸 것이 아

들 헤르메스도둑의 신에게 부탁하여 아르코스를 잠재우는 수밖에 없었습니다. 헤르메스에게는 지팡이가 하나 있는데 잠을 오게 하는 지팡이었지요그래야 도둑질을 할 수 있을 테니까요.

헤르메스는 피리를 불어 아르고스가 졸리게 한 다음 지팡이로 아르코스의 눈을 하나씩 다 감기게 해서 결국 송아지를 빼냅니다.

다음날 이 사실을 안 헤라는 노발대발하여 아르코스의 눈 100개를 모두 뜯어내어 수컷 공작새의 꼬리에 붙여 주었다지요. 송아지는 자신의 아버지 이나코스에게 가보았지만 아버지는 못 알아보지요. 눈물을 흘리며 아버지를 불렀지만 눈물만 땅에 떨어져 스며들어 '바이올렛' 송아지의 눈물이라는 꽃이 되었지요.

송아지가 된 이오는 유럽을 떠돌다가 바다를 건넜는데 이때 '이오가 건넌 바다' 라 하여 '이오니아해' 가 되었고, 이곳 보스포러스 해협을 훌쩍 건너뛰어 아시아를 거쳐 이집트로 갑니다. 그래서 이곳의 이름이 '송아지가 건넌 해협' 이라는 '보스포러스 해협' 이 되었지요. 결국 제우스는 헤라에게 용서를 구한 뒤에야 이오를 본래의 모습으로 돌아가게 하였답니다.

아시아와 유럽의 경계선이 바로 보스포러스 해협입니다.

마르마라Marmara 바다와 흑해를 연결하는 이 해협의 길이는 31Km에 달하며 넓은 폭은 4Km, 좁은 폭은 800미터이지요. 평균 수심은 40미터, 가장 깊은 곳은 100미터로서 해협의 물은 역류하고 있습니다.

수면의 바닷물은 흑해에서 지중해 쪽으로 흐르고 있으나 바다 속은 지중해에서 흑해

로 흐르고 있습니다. 염분의 농도가 진한 곳에서 연한 곳으로 흐르는 삼투압 현상입니다. 위치는 북쪽으로부터 흑해-보스포러스 해협-마르마라-다다넬스 해협-에게해-지중해 순입니다.

보스포러스 크루즈는 선실에서 차 한 잔 마시는 것으로부터 시작되었습니다. 추운 바닷바람은 아시아 쪽에서 불어 왔습니다. 갑판 위에 올라서지 못할 정도였습니다. 선실에 앉아 보스포러스 다리를 바라보면서 톱카프 궁전을 지나치면서 루멜리 성채를 주시하면서 하루를 마감했습니다.

해는 분명 유럽 쪽 이스탄불로 지고 있었습니다.

블루모스크를 보며 이슬람사원을 알다

누군가는 아야 소피아와 블루 모스크 사이를 세종문화회관과 광화문 정도의 거리라고 하더군요. 다른 점은 서로 마주보고 있고 사람들이 자유롭게 드나들 수 있다는 것입니다. 차도가 있기는 하지만 그리 차가 많이 다니는 것은 아니니까요.

돔의 끝은 보통 초승달로 장식하는데, 초승달은 샛별과 함께 이슬람의 대표적인 상징이며 '진리의 시작'을 의미합니다. 즉, 마호메트가 최초로 계시를 받을 때 초승달과 샛별이 한데 어울려 떠 있었다고 전해집니다.

2만 2천 장의 푸른 색 타일로 내벽을 장식한 술탄 아흐메트 사원은 그 푸른 타일로 인해 블루모스크라는 애칭을 얻었지요. 푸른 색 이즈니크 타일과 푸른 색의 스테인드글라스를 보고 있노라니 절로 신비함이란 단어밖에 떠오르지 않더군요.

1609년부터 1616년 사이에 지은 건데 술탄은 아야 소피아 사원보다 더 아름다운 모스크를 지으라고 명령했습니다. 그리고 첨탑은 금으로 만들라고 했다나요.

그러나 이 모스크를 지은 건축자는 도저히 금으로 첨탑을 만들 수 없었습니다. 비용 때문이었지요. 그래서 그는 꾀를 내었습니다.

터키어에서는 금을 뜻하는 '알튼'과 여섯을 뜻하는 '알트'의 발음이 비슷한 것을 이용한 거지요. 첨탑을 6개 세웠습니다. 첨탑은 성지에서만 6개를 세울 수 있습니다. 물론 이스탄불은 성지가 아니었구요. 첨탑은 술탄은 4개까지, 술탄의 어머니는 2개이고, 1개가 보통이지요.

황제는 용서했습니다. 대신 성지에 첨탑 하나를 세우게 하여 7개가 되게 하였답니다.

모스크 건축의 또 다른 특징으로 첨탑은 기능면에서 두 가지 역할을 하고 있습니다. 하나는 하루 다섯 차례의 예배 시간을 알리기 위해 '뮈에진'이라고 불리는 사람이 이 첨탑 위에 올라가 '아잔'을 외칩니다. 육성으로 외치자니 높은 데에 올라가 소리칠수록 멀리까지 잘 들리기 때문입니다. 요즈음은 확성기가 판을 치고 있지만요. 또 하나의 기능은 이방인들로 하여금 그 지방의 모스크 위치를 쉽게 알려주기 위함입니다. 높은 첨탑은 쉽게 눈에 띄기 때문에 길을 모르는 외지인이라도 이 첨탑을 보고 모스크를 쉽게 찾을 수 있습니다.

이 첨탑의 양식은 역사적으로 지역에 따라 조금씩 달랐습니다. 시리아, 북아프리카, 안달루시아**스페인, 포르투갈 지방** 지방은 기독교의 영향으로 사각형이었고, 이라크 지역은 고대 메소포타미아 건축 양식을 모방해 나선형이었고, 이란 및 터키 지방은 원통형이었습니다.

돔과 첨탑 등의 화려한 외부 구조와는 달리 모스크 내부 구조는 극히 단순합니다. 내부 구조는 기둥이 필요 없기 때문에 운동장과 같은 넓은 공간이 펼쳐지며 바닥에는 카

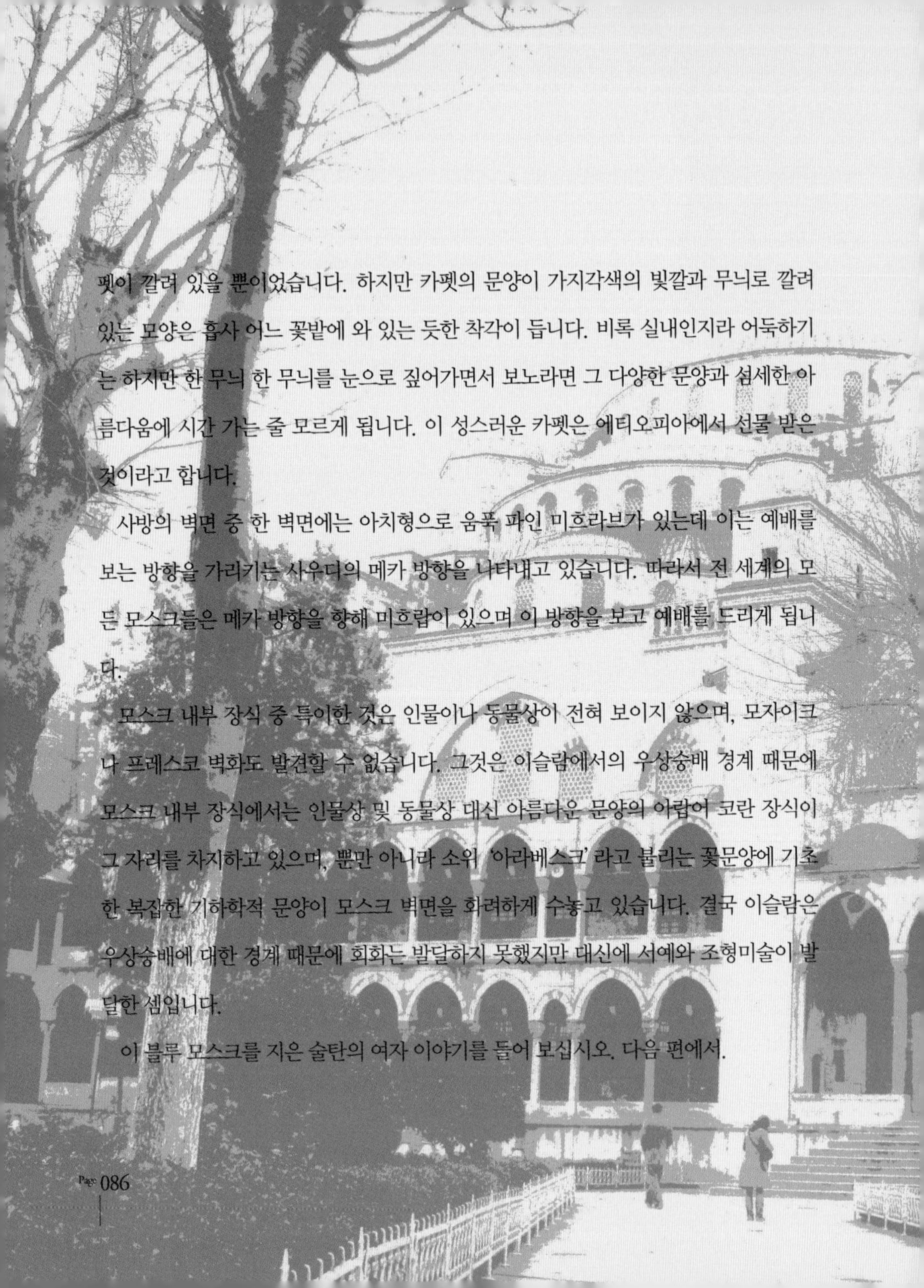

펫이 깔려 있을 뿐이었습니다. 하지만 카펫의 문양이 가지각색의 빛깔과 무늬로 깔려 있는 모양은 흡사 어느 꽃밭에 와 있는 듯한 착각이 듭니다. 비록 실내인지라 어둑하기는 하지만 한 무늬 한 무늬를 눈으로 짚어가면서 보노라면 그 다양한 문양과 섬세한 아름다움에 시간 가는 줄 모르게 됩니다. 이 성스러운 카펫은 에티오피아에서 선물 받은 것이라고 합니다.

사방의 벽면 중 한 벽면에는 아치형으로 움푹 파인 미흐라브가 있는데 이는 예배를 보는 방향을 가리키는 사우디의 메카 방향을 나타내고 있습니다. 따라서 전 세계의 모든 모스크들은 메카 방향을 향해 미흐랍이 있으며 이 방향을 보고 예배를 드리게 됩니다.

모스크 내부 장식 중 특이한 것은 인물이나 동물상이 전혀 보이지 않으며, 모자이크나 프레스코 벽화도 발견할 수 없습니다. 그것은 이슬람에서의 우상숭배 경계 때문에 모스크 내부 장식에서는 인물상 및 동물상 대신 아름다운 문양의 아랍어 코란 장식이 그 자리를 차지하고 있으며, 뿐만 아니라 소위 '아라베스크' 라고 불리는 꽃문양에 기초한 복잡한 기하학적 문양이 모스크 벽면을 화려하게 수놓고 있습니다. 결국 이슬람은 우상숭배에 대한 경계 때문에 회화는 발달하지 못했지만 대신에 서예와 조형미술이 발달한 셈입니다.

이 블루 모스크를 지은 술탄의 여자 이야기를 들어 보십시오. 다음 편에서.

팜므 파탈, 그 숙명적인 독배

여자라면 누구나 팜므 파탈을 예감하거나 은연중에 바라게 되지 않을까요?

프랑스어로 여자femme와 운명fatale의 합성어인 팜므 파탈은 '운명적인 여인' 이라는 사전적인 의미가 있지만, 남성을 유혹해 죽음이나 고통 등 극한의 상황으로 치닫게 만드는 '숙명의 여인' 을 뜻하는 사회심리학 용어이기도 합니다.

19세기 낭만주의 작가들에 의해 문학작품에 나타나기 시작한 이후 미술 · 연극 · 영화 등 다양한 장르로 확산되어, 남자를 죽음이나 고통 등의 치명적 상황으로 몰고 가는 '악녀' 나 '요부' 를 뜻하는 말로까지 확대 · 변용되어 사용되고 있습니다. 자신의 의지와는 상관없이 남자를 끄는 매력 때문에 '숙명적' 이라는 피할 수 없는 필연적인 굴레를 안고 태어난 여자, 다른 여자에게는 부러움과 질시를 동시에 받게 되는 그런 여자입니다. 따라서 팜므 파탈과 관계를 맺고 있는 남자 역시 팜므 파탈의 손아귀에서 결코 벗어날 수 없습니다. 남자를 압도하는 섬뜩한 매력과 강인한 흡인력 앞에서 남자는 끝내 파국을 맞을 수밖에 없는 것이 팜므 파탈의 속성입니다.

우리나라에서는 멀리 신라시대의 미실에서부터 장희빈, 장녹수, 어우동, 정난정으로 이어지는 계보에 현대에 이르기까지 얼마나 많은 여인들이 팜프 파탈의 굴레에서 자유롭지 못했던가요.

서양의 팜므 파탈의 원조는 단연 이브이지요. 아담을 꾀어 선악과를 먹게 했다는 원죄의 주인공 이브 외에 성서에 나오는 팜므 파탈로는 삼손을 파멸시킨 데릴라, 관계 뒤 상대의 목을 베어버린다는 유디트, 세례 요한의 목을 요구한 살로메 등이 있습니다.

신화 속에서도 팜므 파탈은 많이 등장하지요. 선원들을 아름다운 노랫소리로 유혹해 바다에 빠트린다는 사이렌, 10년의 트로이전쟁을 일으키게 한 헬렌 역시 무시하지 못할 팜므 파탈입니다.

여기 또 한 사람의 팜므 파탈의 이야기를 들어 볼까요?

오스만제국의 역대 왕 중에 사랑하는 여인을 자기 무덤 옆에 묻어 달라고 유언한 왕은 14대 술탄 아흐멧 뿐입니다.

어느 날 톱카프 궁전에서 외국 사신들을 위한 연회가 베풀어졌는데 쾨셈이라 불리는 한 집시여인이 춤을 추고 있었습니다. 술탄 아흐멧은 그만 이 집시 여인에게 반해버렸습니다.

곧 그녀는 왕비 중의 한 사람이 되었고 집시를 왕비로 삼는다는 것은 오스만제국에서 큰 사건이었습니다.

쾨셈은 왕의 총애를 한 몸에 받게 되었고 왕은 첫째 왕비를 멀리하고 오직 쾨셈만을 옆에 두었습니다. 첫째 왕비는 너무나 마음이 상해 그만 병들어 죽고 말았습니다.

그리고 술탄 아흐멧도 죽자 오스만제국의 장자 계승법에 의해 첫째 왕비의 아들인 오스만이 1618년 13세의 나이로 왕위를 물려받게 되었습니다.

이에 쾨셈은 남 몰래 어린 왕에게 마약을 술에 타서 여자와 함께 계속 넣어 주어 어린 왕의 정신을 혼미하게 하였습니다. 그리고 쾨셈은 어린 왕을 정신병자로 몰아세웠습니다. 결국 오스만 왕을 강제로 퇴위시키고 예디쿨레로 보내어 처참하게 죽입니다.

지금도 로마의 성벽이 시작되는 곳에 예디쿨레일곱 개의 성가 그대로 있고 젊은 오스만 왕이 죽었던 자리가 남아 있습니다.

결국 쾨셈의 아들 무랏트 4세가 1623년 11세의 나이로 왕위에 오르고 자연히 쾨셈이 섭정을 하게 됩니다. 그러나 철이 든 다음에 무랏트 4세는 자기 누나와 동생을 살해하게 됩니다.

쾨셈은 분노하여

"네가 왕이 된 것이 누구의 덕인데 네 형제를 마음대로 죽이는가?"

그러자 무랏트 4세가 말하기를

"나는 어머니가 오스만 형에게 했던 그대로 했을 뿐입니다. 왕권에 도전하는 자는 누구든지 죽일 것입니다."

오스만 왕에게 했던 일이 벌써 아들의 귀에까지 들어갔음을 알고 다른 아들인 이브라힘이라도 살리고자 그를 불구로 만들어 왕권에 도전할 의사가 없음을 알렸습니다. 그러나 무랏트 4세가 재위 17년 만에 죽자 쾨셈은 이브라힘에게 왕위를 물려받게 했습니다.

불구가 되었던 이브라힘은 마음의 상처로 인해 성격이 비뚤어져 쾨셈에게 대항했습니다.

그러니까 남의 가슴에 못 박지 말라는 말이 있습니다.

"남의 눈에서 눈물을 나게 하면 내 눈에서는 피눈물이 난다"라는 걸 실감하게 해주는 일이 계속 됩니다.

결국은 반대세력들에 의해 몰리게 되자 쾨셈은 장롱 속에 숨어 있었으나 들켜 커튼 줄에 목이 졸려 죽임을 당하고 한 세대를 풍미했던 그의 영화는 65세로 끝을 맺게 되었습니다.

쾨셈이 자신의 미모를 이용하여 권력을 얻었지만 결국은 비참하게 생을 마감해야 했지요.

여자들이 가장 원하면서도 두려워하게 되는 숙명과도 같은 팜므 파탈의 운명.

남자들을 사로잡아 휘두르고 싶으면서도 그들에게 평강공주가 되기를 바라는 우리 소박한 여인네들 앞에 팜므 파탈은 꿈 같은 이야기이고, 극소수의 선택 받은 여인들에게는 그저 숙명적인 독배일 뿐입니다.

돌마 바흐체는 너무 화려했다

돌마 바흐체는 "정원으로 가득 찬 궁전"이란 뜻인데 보스포러스 해협의 유럽 쪽 해변을 흙으로 메우고 세운 궁으로서 길이가 600미터에 이르는데 현재 박물관으로 사용되고 있습니다.

돌마 바흐체 궁전을 입장하려면 입장료가 20달러 정도입니다. 적지 않은 가격이지요. 과연 그 가치가 있을까요?

한 번 그 가치를 찾으러 따라가 봅시다.

1843년부터 1856년에 지어졌으니 약 150년이 흐른 셈입니다. 13년 동안 건설하였고 그후 약 80년 동안 사용되다가 아타투르크가 이곳에서 죽을 때까지 이용한 궁전입니다. 285개의 방과 48개의 홀, 6개의 목욕탕, 45개의 화장실이 있다니 규모부터 굉장하지요. 그리고 남자만 출입하는 구역과 여자가 거주하는 하렘 구역과 연회장 등 세 부분으로 나누어져 있습니다.

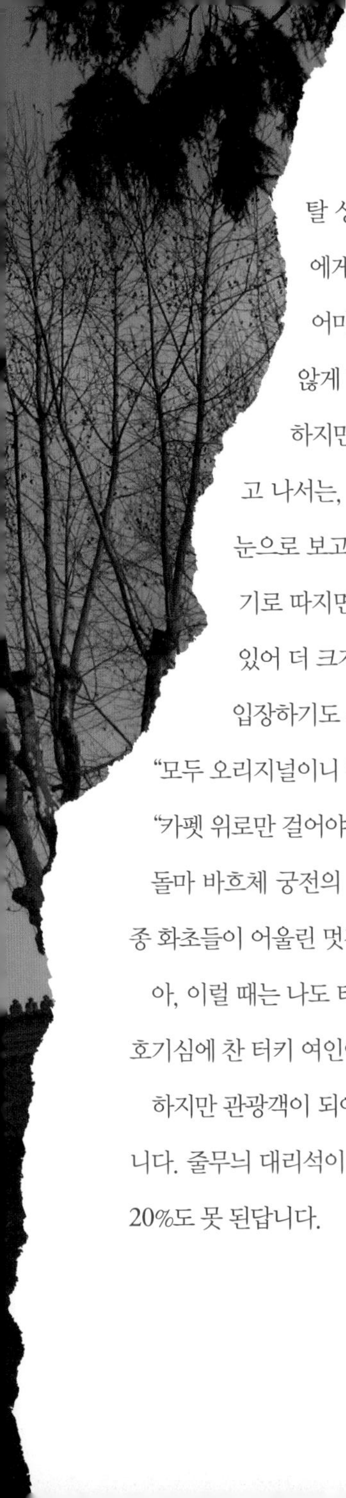

금을 펴서 도금한 천상의 화려함부터 시작하여 4.5t짜리 크리스탈 샹들리에를 보면 입부터 벌어지게 됩니다. 영국의 빅토리아 여왕에게서 받은 것인데 750개의 촛불 램프를 켤 수 있습니다만 아무리 어마어마한 숫자로 표현한들 직접 보지 않으면 아무런 감흥도 일지 않게 마련이지요.

하지만 어느 때는 상상력이 놀랄 만한 힘을 발휘하여 나중에 실물을 보고 나서는, **"에이, 저거 밖에 안 돼?"**하고 실망하기도 하지만 늘 직접 눈으로 보고 확인해야 하는 게 우리 사람들의 감각이 아니겠습니까? 물론 크기로 따지면 우리나라 롯데월드의 샹들리에는 9t이나 되는 유리로 만들어져 있어 더 크지요.

입장하기도 전에 주의사항이 쏟아집니다.

"모두 오리지널이니 만지지 마세요."

"카펫 위로만 걸어야 합니다."

돌마 바흐체 궁전의 정원은 태산목과 주목의 커다란 나무부터 금잔디, 제라늄 등 각종 화초들이 어울린 멋진 정원이지요.

아, 이럴 때는 나도 터키석의 푸른 차도르로 몸을 감싸고 입을 가린 채 깊고 파란 눈의 호기심에 찬 터키 여인이 되어 황제를 알현하고 싶어집니다.

하지만 관광객이 되어 순서를 기다리고 있습니다. 그리고 서서히 궁전 안으로 들어갑니다. 줄무늬 대리석이 외벽과 기둥을 감싸고 있습니다. 우리가 볼 수 있는 것은 궁전의 20%도 못 된답니다.

크리스탈의 계단을 걸어 올라갑니다. 우아한 걸음으로 둥글게 이어진 크리스탈 난간을 잡고 올라가 봅니다. 외국 사신들은 접견실로 들어가면서 여기서부터 기가 질렸답니다.

궁전의 마루는 나무입니다. 세 가지 나무를 접착제나 못 없이 정교하게 짜서 맞춘 것입니다. 이런 바닥이다 보니 대리석 기둥은 겉만 대리석입니다. 난방은 사용하기 사흘 전부터 불을 때서 대리석 기둥들을 덥혔다고 합니다.

사방의 벽난로 위에도 크리스탈로 장식이 되어 불의 온도에 따라 색깔이 변하는 아름다움까지 겹쳤다니 눈이 호사의 극치이지요.

안내인을 따라 말없이 구경만 하고 갑니다. 말이 필요가 없습니다.

마지막 남자구역을 지나면 누구나 한 번쯤은 호기심을 품어 보았을 하렘입니다. 여기는 남자 중에서 유일하게 술탄만이 출입할 수 있지요. 하렘의 복도를 지나다보면 창 밑으로 연회장이 보입니다. 다른 쪽 창문으로는 보스포러스의 푸른 물결이 보이구요.

하렘의 복도에서 보스포러스의 푸른 물결이 보이는 이곳이 하렘에 갇혀 평생을 벗어나지 못했던 여인들이 유일하게 자유의 나래를 펼 수 있었던 곳이었는지 모릅니다.

TURKEY

마지막 왕자, 마흐메트 오르한

언제나 마지막이라는 낱말에는 '비운'이라는 낱말이 따라 붙습니다. 중국의 부의, 우리나라의 영친왕, 터키의 마지막 왕자도 예외는 아니었습니다.

1924년 3월 3일에 터키 공화국이 출범한 후 오스만제국 모든 왕족 144명에게 추방령이 내렸습니다. 이때 왕실학교에 재학 중이던 14세의 왕자 마흐메트 오르한Mehmet Orhan이 학교에서 돌아와 자전거를 타려고 할 때 경찰 제복을 입은 두 사람과 경시총감이 그의 길을 막았습니다.

"왕자님, 저를 용서하십시오. 이 서류에 서명하십시오."

눈물을 글썽이며 말했습니다. 왕자는 서류를 읽지도 못 하고 서명을 했습니다.

24시간 안으로 떠나라는 이 명령서는 왕족들에게 어떠한 이유도 용납되지 않았고, 그리고 재산은 아무 것도 가져갈 수 없다는 단서가 붙어 있었습니다. 그리고 3월 5일 이들은 기차와 배에 실려 국경을 넘어야 했습니다.

이때부터 68년 동안 고국 땅을 밟지 못하는 긴 여행이 시작되었습니다.

망명 생활을 하는 왕족들의 집에서 신세를 지다가 드디어 17세가 되자 그는 어느 누구도 자기를 알아보지 못하는 새로운 나라로 가기로 결심하고 주머니에 단돈 8프랑을 넣고 브라질로 갔습니다.

주석 공장직공, 선박의 화물 나르는 인부, 커피를 포장하는 포장공 등 닥치는 대로 그는 힘겨운 세월을 보내다가 이집트로 갔는데 이집트의 왕자들이 그를 알아보고 자동차 한 대 정도 살 돈을 꾸어주었습니다. 그는 그 돈으로 자동차를 사서 택시기사가 되었습니다.

그러자 세계의 언론들은 떠들어댔습니다.

"오스만제국의 마지막 왕자, 택시기사 되다."

할 수 없이 그는 택시기사도 그만 둘 수밖에 없었습니다.

50년이 지나자 왕자는 타국을 유랑하면서도 끊임없이 귀국 탄원서를 터키 정부에 보냈습니다.

1992년 오잘 대통령이 드디어 그의 방문을 허용하여 꿈에도 그리던 이스탄불로 돌아오게 되어 살아서 조국을 밟고자 했던 그의 꿈이 이루어졌습니다.

"왕족 중에서 가장 장수한 편인데 무슨 비결이라도 있으셨는지?"라고 한 기자가 묻자

"나는 조국을 보기 전에는 죽을 수 없다는 일념으로 살았기 때문입니다."라고 했던 왕자는 80세가 넘어서야 68년 만에 가이드의 안내에 따라 터키를 구경

하는 한 관광객으로 터키로 들어갈 수 있었습니다.

그는 보스포러스 다리에서 자신이 살았던 돌마 바흐체 궁전을 보면서 하염없이 눈물을 흘렸습니다.

터키에 머무를 수 없었던 그에게 기자가 무얼 하면서 소일하느냐고 묻자,

"매일 공항에 나가 카페에 앉아 터키식 커피를 마시며 터키로 가는 비행기를 봅니다" 라며 망국의 한을 말했습니다.

다시 프랑스로 돌아간 왕자는 1년이 지난 후 신문에 부음기사가 실렸습니다.

그가 죽은 지 사흘 만에 카페의 종업원이 왕가 친척들과 기자에게 알렸습니다. 그는 침대에 반듯이 누워 있었고 빨래통에는 빨래도 담겨 있었습니다.

몇 년 전 신문에서 조선 왕조의 왕손 이석 씨의 이야기를 읽은 적이 있습니다.

'마지막 왕손 이석 찜질방 전전하며 새우잠' 이라는 신문 기사의 타이틀.

고종의 손자이자 의친왕의 아들인 이석 씨. 말쑥한 노신사의 모습이지만 그의 최근 생활은 무척 곤궁하였습니다.

"요즘 어디서 지내시나?" 고 묻는 기자의 질문에 그는 한숨을 한번 길게 내쉬고는

"사실, 갈 곳이 없어서…" 라며 머뭇거리더니

"요즘엔 찜질방에서 잠을 잔다." 라고 답했습니다.

그의 차는 지프형 뒷좌석이 짐칸인 2인승 화물차였습니다.

"이거 보세요. 여기다 이렇게 짐을 다 넣어놓고 다녀요." 라는 신문기사를 읽고 먼 이

국의 터키 왕자나 우리의 마지막 왕손이나 신세가 어찌 그리 똑같을까 하는 생각이 들었습니다.

마호메트 오르한도 몇 년 동안 자동차의 뒷좌석이 집이었다고 하니 참 허무하다는 생각을 버릴 수가 없군요.

그런 이석 씨는 떠돌이 생활 접고 전주에 자리를 잡았답니다. 전주대학교에서 객원교수로 강의도 하면서

"저의 할아버지는 26대 고종 임금입니다. 이후 큰아버지 순종을 27대 임금으로, 그리고 작은아버지 영친왕을 28대 임금에 책봉했지요. 그러나 영친왕은 열한 살 때인 1907년 일본에 인질로 잡혀갑니다. 일본에서 강제로 일본식 군대교육을 받았고 별셋육군 중장을 답니다. 해방 후에도 한국에 오지 못하다가 1963년 박정희 대통령의 허락으로 귀국했지만 7년 동안 명동성모병원에 입원하셨다가 돌아가셨지요."라고 한 많은 이야기를 하고 있습니다.

위스크다르 가는 길에 비가 내리네

아시아 쪽에 위치한 위스크다르는 보스포러스 해협에 반사되는 햇빛이 도시를 황금으로 빛나게 하여 일명 **'황금의 도시'** 라고 불렀답니다.

소아시아의 모든 도로가 여기서 끝나 소위 아시아의 땅 끝인 이곳을 오스만제국의 왕들은 모스크와 대상들의 숙소로 장식했고 그 당시만 해도 아시아 쪽 메카 참배객들은 해마다 그들의 순례여행을 이곳에서 시작했습니다.

위스크다르는 오스만제국이 아나톨리아 지역에 대한 원정의 출발점으로서 중요한 군사기지 역할을 했고, 군사는 물론 교역의 중심지 역할을 하였습니다.

저녁 해질 무렵 위스크다르에서 이슬람 사원의 첨탑이 도시의 건물들과 묘한 조화를 이루면서 한 폭의 풍경화를 그려내고 있는 것을 보노라면, **오스만제국의 영화가 해협의 푸른 물과 어우러져 해안 저편에서 되살아나는 듯한 착각을 갖게 됩니다.**

우리에게는 6.25때 참전했던 터키병들이 즐겨 불러 유행했던 민요 '위스크달라' 때문에 더욱 친근하게 느껴집니다.

그 말 때문에 우리들은

"위스키 달라 소주 달라 맥주도 달라"라며 불렀던 기억이 납니다.

> 위스크달라 머나먼 길 찾아갔더니
>
> 세상에서 제일 가는 이상한 나라
>
> 이것저것 보고 듣고 정말 놀랐어……

계속 가사가 이어지는 데 끝까지 아는 사람은 없었습니다.

육상 교통로와 해상 교통로가 서로 엇갈리는 곳이었기에 다른 이슬람 사회보다 더 개방적일 수도 있었을 것입니다. 원래 바닷가의 마을이나 항구가 개방적이듯 말입니다.

우리나라 50년대 후반에서부터 30년간이나 유행했던 잊을 수 없는 이 노랫가락은 터키의 민요로서 아직까지도 애창되는 "위스키다라 기데리켄 알드다 빌으 야아물 - 위스크다라 갈 때에 비를 맞았네" 아름다운 사랑의 시를 노래로 읊은 것입니다.

경쾌한 리듬과 사랑의 이야기 때문에 애창되는 노래입니다. 차도르로 얼굴을 가려야 하는 금욕과 절제의 이슬람 땅에서 여인들의 사랑노래가 불린다는 것은 상상하기 어려운 일이었습니다.

민요의 태생이 그렇듯이 작가가 누구인지도 알 수 없지만, 오랫동안 터키인의 사랑을 받으면서 지금까지도 불리고 있는 이 민요는 부르는 사람의 기분에 따라 느리게 부르면 구슬픈 곡조가 되고, 빠르게 부르면

흥이 생기는 그런 노래입니다.

노랫말을 보면, 위스크다르에 살고 있는 처녀가 젊은 공무원을 사모하는 연가입니다.

위스크다르 가는 길에 비가 내리네
내 님의 외투 자락이 땅에 끌리네
내 님은 잠에서 덜 깨어 눈이 감겼네
우리 서로 사랑하는데 누가 막으리
내 님의 깃 달린 셔츠도 너무 잘 어울리네

위스크다르 가는 길에 손수건을 놓았네
내 님을 위한 손수건에 사랑을 담았네
어느새 내 님이 바로 옆에 있네
우리 서로 사랑하는데 누가 막나요
내 님의 깃 달린 셔츠도 너무 잘 어울리네

옛날 터키의 처녀들은 사랑하는 사람에게 사랑 고백을 말로 할 수 없었나 봅니다. 그래서 처녀들은 사랑하는 사람이 지나가는 길에 손수건을 흘려 사랑을 고백했을 것입니다.

이렇게 순수하고도 낭만적인 고백을 할 수 있는 터키의 처녀들은 지금 보아도 참 순수해 보입니다.

일리아드를 찾아서 트로이로

트로이의 하늘은 맑았습니다. 에게해를 끼고 달리는 동안 하늘과 바다는 회색빛이었는데 맑은 하늘 아래에 펼쳐진 유적지를 보자 마음도 맑아졌습니다.

호텔을 출발하기 전에 현지 가이드가,

"트로이에 가기만 하면 항상 비가 오거나 날씨가 안 좋았어요. 필히 우산을 준비하시고 옷도 단단히 입으세요"라고 경고했던 말이 무색할 지경이었습니다.

동양과 서양의 최초의 싸움이었으며 신과 인간이 엉켜서 10여 년을 싸운 격전지인지라 늘 궂은 비가 내리거나 세찬 바람이 불게 되는지 모릅니다. 숱한 영웅들과 병사들의 한이 서린 곳이겠지요.

어쩐지 으스스한 기분이 드는 것도 같았는데 우스꽝스럽게 작은 트로이의 목마를 보는 순간 그 기분은 사라졌습니다.

이윤기의 『길 위에서 듣는 그리스로마신화』에서는 황성옛터로 비유한 트로이 유적을 '계륵' 이라고 했더군요. 애써 가보아야 볼 것은 없지만 일정에서 트로이를 제외하면 여간 섭섭하다고요. 정말 그럴까요?

또 이희철의 『터키』에서는 트로이의 유적이 이미 알려진 명성에 비해 남아 있는 것이 빈약하여 방문하는 사람들이 실망하기 쉽다고 했습니다. 시대를 설명하기 위해 폐허 앞에 세워진 안내판으로 그 옛날 역사를 가늠하여 보며 트로이 입구에 세워진 목마로 눈요기하라고 했습니다.

현재의 지명이 트로바인 트로이 유적지 입구에 목마가 서 있었습니다. 10년의 전쟁을 하룻밤 만에 끝나게 했고 그리스군에게는 승리를 가져다준 목마입니다. 요즈음 초고속 통신망에는 '트로이목마' 라는 바이러스가 침투하여 활약한다지만 여기에 서 있는 모형은 여러 가이드북들이 소개한 대로 작은 목마였습니다.

올리브나무 사이로 유적들이 보입니다. 아무렇게나 방치되어 있는 듯한 빈 항아리며, 대리석 기둥, 건물들의 돌, 성벽들. 겨울이었지만 메리골드는 황금색으로 피어 있었고 나른한 봄날에 소풍 나온 기분이었습니다. 파릇한 잔디가 깔린 샛길을 걸었습니다.

유적지 입구에서 안내도를 보았습니다. 켜켜이 9층으로 쌓인 트로이의 모습이 그간의 연륜을 말해주는 듯합니다. 우리들이 가장 궁금해 하는 호메로스의 트로이는 제6층으로 따로 크게 그려놓았습니다. 바깥 성벽이 있고 두 겹, 세 겹의 벽과 건물들이 있고 맨 꼭대기에는 히살를리크 언덕이 있습니다.

곡물을 담았거나 포도주를 담았을 듯싶은 커다란 항아리들이 있었습니다. 높이는 1.5미터쯤 되어 보입니다. 황토빛이 나고 표면은 벗겨져 있는 곳이 많았습니다. 내 눈에는 초벌구이만 된 토분처럼 보였지만 그 자리에서 수많은 세월을 견디어 낸 강한 항아리입니다.

TURKEY

한 아름이 넘는 대리석 기둥들이 있습니다. 고양이도 많습니다. 녀석들은 우리들을 관광하기도 하고 어떤 녀석은 냉큼 그 위에 올라가 졸고 있기도 했습니다.

황성옛터 같은 트로이성으로 들어가려니 바람이 조금씩 거칠어지더군요.

대리석으로 포장된 돌길을 걸어 성 안으로 들어갔습니다. 성문은 직접 밖에서는 볼 수 없게 ㄷ자로 들어간 모양입니다.

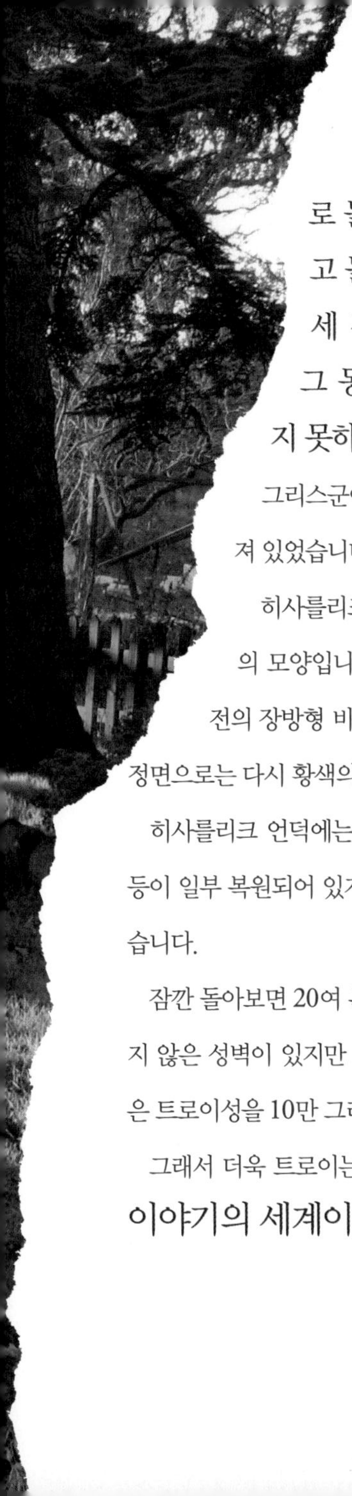

트로이의 성벽은 위가 아래 부분보다 비스듬히 안으로 들어간 모양입니다. 적이 성벽으로 오르지 못하게 하고 돌을 굴리거나 기름을 붓기 용이하게 만든 것입니다. 세 길 정도로 그리 높아 보이지는 않지만 많은 부분이 그 동안 허물어졌겠지요. 곳곳이 철사나 끈으로 들어가지 못하게 막아 놓았습니다.

그리스군이 10년 동안 공략하였지만 실패할 수밖에 없을 만치 잘 만들어져 있었습니다.

히사를리크 언덕은 한쪽 면의 길이가 233미터이며 높이 50미터인 사각형의 모양입니다. 언덕에는 알렉산더 대왕이 건설했다고 전해지는 아테네 신전의 장방형 비석만이 남아 있습니다. 약 5km 정도의 성벽으로 둘러싸여 있고 정면으로는 다시 황색의 평원이 펼쳐져 다르다넬스 해협과 맞닿아 있는 게 보입니다.

히사를리크 언덕에는 시대를 달리하는 신전과 주거지, 지하저장고와 소극장 오디온 등이 일부 복원되어 있지만 문외한인 저의 눈에는 모두 대리석 조각으로밖에 보이지 않습니다.

잠깐 돌아보면 20여 분 정도면 충분히 돌아볼 수 있는 작은 성벽입니다. 물론 무너지지 않은 성벽이 있지만 그래도 작은 규모입니다. 아무래도 믿기지 않습니다. 저렇게 작은 트로이성을 10만 그리스대군이 10년 동안이나 점령하지 못했다니 말입니다.

그래서 더욱 트로이는 흥미롭습니다. 논리로 따져서는 안 되는 신화와 이야기의 세계이기 때문입니다.

Efesus

아이발릭으로 가는 길에 스친 사포와 레스보스

에게해를 끼고 이즈마르 광역시에 속해 있는 아이발릭을 향해 갑니다.

에게해라는 말에는 다도해라는 뜻도 있습니다. 그러나 눈앞에 빤히 보이는 많은 섬들은 모두 그리스 것이랍니다. 터키에서는 작은 배로도 30분이면 충분히 도착할 정도의 가까운 거리이지만 그리스에서는 큰 배로도 10시간 넘게 걸린답니다. 바로 코앞에 다른 나라의 영토를 둬야하는 터키의 기분도 고약하겠지요.

제1차 대전 때 독일이 망한 후 터키는 독일 편에 붙어 있다 쫄딱 망하게 되었습니다. 그때 터키 땅이 연합군에 의해 분할될 때 케말파샤는 발칸반도를 차지하려고 눈앞의 섬을 포기했습니다. 특히 레스보스섬 같은 건 크기도 크고 유래도 독특합니다.

유명한 서정시인 사포의 활동 무대였기 때문에 레즈비언이라는 말은 이 섬의 이름을 따서 지었다지요.

사포는 이 섬의 남쪽 에레소스 귀족 가문의 딸이었습니다. 아버지를 일찍 여윈 그녀는 시칠리아에서 미르퀴라스라는 부자와 결혼했는데 남편이 죽어 막대한 유산을 물려받았습니다. 그녀는 딸 크레이스와 함께 레스보스로 돌아왔습니다.

이때부터 그녀는 많은 시를 쓰기 시작했고 다른 섬들 그리고 저 건너 이오니아 연안 일대에서까지 그녀의 시가 애송되었습니다. 그녀는 처녀들을 선발해서 시와 음악과 신들에 대한 제례 등을 가르치는 특수한 학교를 세웠습니다. 그것은 상류사회의 여성을 위한 교양만이 아니라 미와 사랑의 여신 아프로디테를 받들어 그 신에게 제사지냄으로써 그들 자신도 미와 사랑의 신이 사는 세계로 들어간다고 생각했습니다. 실제로 사포의 시에는 아프로디테를 찬미하는 것이 적지 않습니다.

고대 그리스 사회는 극심한 남성 위주의 사회였습니다. 이와 같은 현실에 대해 사포는 매우 저항적이었고 여성주의 사회를 꿈꾸었던 것 같습니다.

사포는 아주 못 생겼다고 전해집니다. 그녀의 재능이 타고난 추한 외모를 보상했다고 하니 참 세상은 공평한가 봅니다.

사포는 아름다운 사랑의 감정을 노래한 시를 많이 남겼습니다. 타오르는 사랑의 불꽃을 두고

산과 같은 바람이 상수리나무를 뒤흔들 듯
사랑의 신 에로스가 내 마음을 흔드는구나.

라고 노래했으며 사랑의 신을

쓰고 달콤한 괴물이여,
네 앞에서는 아무 대책도 없구나.

라고 묘사하기도 했습니다.

물론 사포의 이런 감정들이 구체적으로 무엇을 향한 건지 오늘날까지도 의견이 분분합니다. 그녀는 55세의 나이에 20세 미남 선원 파온을 사랑했습니다. 파온이 레스보스를 떠나 레스카스로 가자 그 섬까지 찾아가기도 했습니다. 오스트리아의 극작가 그릴파르처는 1818년에 〈사포〉라는 5막극을 발표했지요. 그 내용은 이렇습니다.

사포는 시인으로 명성을 얻었던 올림피아에서 국민들의 환호를 받으며 고향으로 돌아갑니다. 승리의 물결 속에 청년 파온이 서 있습니다. 이 두 사람은 두 개의 서로 다른 영역을 즉 파온은 생활을, 사포는 예술을 대변하고 있지요.

파온은 사회 밖에 있는 예술가들을 사포와 하나로 묶어 불신하였고 사포도 시인으로서의 그녀의 위치를 불안하게 하는 모든 것을 파온의 탓으로 돌립니다. 극이 진행되면서 두 사람의 일치가 불가능하다는 것이 드러나게 되자 파온은 사포를 진실성이 없다고 여겼고 그녀의 하녀인 멜리타에게 마음이 끌립니다. 그리고 파온이 의도적으로 멜리타에게 키스하는 것을 사포가 목격하게 되지요. 이를 본 사포는 절망하여 동굴로 돌아가서 자신의 고통을 비난합니다. 사포는 두 사람의 행복을 질투하고 그들을 파멸시키고자 합니다.

파온은 멜리타와 함께 도망쳤지만 곧 사포에게 붙잡혔고 멜리타는 상처를 입지요. 파온은 비인간적인 사포를 비난하였고 그녀 시의 비진실성을 고발하게 됩니다.

두 사람 사이의 화해는 불가능한 것으로 나타나고 마침내 사포는 그녀가 더이상 시인이 아니라는 말을 남기고 바위에서 떨어져 죽습니다.

이상은 그릴 파르처의 희곡이고 실제로는 BC 558년 사포는 돌이킬 수 없는 실연으로 말미암아 아폴론 신전이 있는 섬의 남쪽 절벽 끝에서 몸을 던져 자살하지요.

물론 그릴 파르처의 해석이겠지만 한 예술가의 삶은 동서양을 막론하고 순탄할 수 없나 봅니다. 생활과 사랑과 예술, 그 어느 것 하나라도 사람을 편하게 해주지 않는군요.

한 여류 예술가의 생은 현재에도 많은 것을 시사해줍니다. 자신의

이룰 수 없는 사랑과 예술가로서의 고뇌와 생활에도 충실하지 못했던 인간적인 면은 지금까지도 뭇 예술가들의 화두가 되어 있습니다.

더구나 요즈음처럼 여자들의 사회 진출을 대세처럼 여기는 때에 사포만큼 힘들게 살아가는 현대 여성들을 많이 보게 되지요.

레스보스 섬은 다른 섬들보다 시인 혹은 예술가들이 많이 나왔습니다. 풍토는 무시할 수 없나 봅니다.

하프의 신 오르페우스는 죽은 아내 유리디케를 저승에서 데려오는데 실패한 뒤 여인들을 피해 황야를 떠돌지요. 아름다운 남신인 그에게 욕정을 품은 트라키아 여인들이 그에게 거절당하자 그 몸을 여덟 갈래로 찢어 바다에 던져버렸습니다. 자신의 욕망을 채우지 못한 여인네들은 참 무섭습니다. 오뉴월에 서리가 내린 격이라고나 할까요?

바다에 던져진 그의 머리와 하프는 레스보스 앞바다까지 떠내려 왔습니다. 레스보스의 사람들은 오르페우스의 머리를 건져다 묻어주고 하프는 섬에 보관했다고 합니다.

그 뒤 레스보스 섬은 시와 음악, 학문에 뛰어난 사람이 나왔고 지금도 그리스 많은 시인들이 이 섬에서 배출되고 있다나요.

김종삼 시인은 그의 시 '올페(오르페우스)' 에서

올페는 죽을 때
나의 직업은 시라고 하였다
후세 사람들이 만든 얘기다

나는 죽어서도
나의 직업은 시가 못 된다
우주복처럼 월곡에 둥둥 떠 있다
귀환 시각 미정

이라고 읊었습니다.

대시인 김종삼도 이렇게 생각했으니 내가 설 자리는 어디인가 잠시 멈칫해집니다.

사데에 기게스의 반지를

고대 리디아 왕국의 수도인 사데를 지나갑니다.

헤르모스 계곡의 비옥한 땅에 세워진 이 중요한 도시는 에게해로부터 아시아로 물자를 운반하는 무역로에 위치하고 있습니다.

이 도시는 BC 12세기에 이 지역을 점령한 것으로 생각된 리디아 왕들이 거주했습니다. 그러나 그 이전부터 사데에 이미 거주자들이 있었는지에 관해서는 잘 알려져 있지 않습니다.

리디아 왕들 가운데서 가장 유명한 왕조는 콘다우레스 왕이 그의 각료 기게스에 의해서 암살될 때까지 7세기 동안 계속되었던 헤라실드 왕조였습니다.

콘다우레스 왕에게는 아름다운 왕비가 있었습니다. 이 왕은 자기의 부인을 자랑하고 싶어 안달이 났습니다. 그래서 자기의 친한 친구이자 신하인 기게스에게 자랑했습니다. 기게스가 이 말에 반응이 없자 속이 상해

"왕비의 벗은 몸을 보여 주마"고 약속합니다.

거절하는 기게스에게,

"이건 왕의 명령이다. 왕비는 저녁때 의자에 옷을 벗어두고 침대에 들어온다. 그것만 보고 나가라"고 합니다.

침실의 커텐 뒤에 숨어 왕비의 벗은 몸을 훔쳐보던 기게스는 나가려다 실수로 의자를 건드려 소리를 내게 됩니다. 창가의 그림자가 기게스라는 걸 안 왕비는 그것이 왕의 명령이라는 걸 알고 왕이 모르게 기게스를 부릅니다.

"넌 나의 수치를 보았으니 널 죽이겠다. 내 몸을 본 이상 나의 몸을 본 두 사람 중의 한 명은 죽어야 한다."

그리하여 기게스는 왕이 침실로 왔을 때 왕을 암살하게 됩니다. 결국은 왕비와 결혼하게 되지요. 저절로 왕이 됩니다.

리디아의 백성들은 이 불법을 보고 난리가 났으며 두 편으로 갈라져 싸우게 됩니다. 결국을 신탁을 받기로 했는데 그 신탁은 늘 비유로 말해지지요.

"기게스는 왕 자격이 충분히 있다. 그러나 헤라클레스의 저주를 받아 5대에 망하고 말 것이다"라고 말입니다. 헤라클레스의 저주를 받는 건 당연하지요. 콘다우레스는 헤라클레스의 자손이었거든요.

헤로토투스의 『역사』에 나오는 이야기입니다. 이 역사책을 매개로 하여 사건이 전개되는 〈잉글리쉬 페이션트〉라는 영화에서 여주인공이 사막에서 이 이야기를 하게 되지요. 사막의 밤에 모닥불 주위에 둥글게 둘러 앉아 담소하는 모습은 참 인상 깊었지요.

기게스가 세운 새로운 왕조는 150년간 계속되었습니다. 헤로도투스에 의하면 이 시기가 사데의 가장 번성기였다고 합니다.

그러다가 BC 546년에 페르시아의 고레스 왕에 의해서 끝나게 됩니다. 역시 헤로도투스의 글을 보면 페르시아가 리디아 왕 크로이소스를 2주간의 전쟁 끝에 정복한 기록이 있습니다.

고레스 왕이 리디아 왕국을 정복하려 할 때 야만인의 나라이며 불모지라고 장군들이 반대를 하였습니다. 신탁처럼 무방비 상태의 리디아는 페르시아 원정군에 패하고 맙니다. 천연 요새였던 사데만 남기고 말입니다. 페르시아 원정군은 빈 틈 없는 사데의 성벽 때문에 도무지 성벽을 오를 수가 없었습니다.

그러나 사데마저도 한 병사의 실수로 함락 당하고 맙니다.

몇 번이나 성을 공격했지만 실패하여 낙망하고 있을 때, 사데의 성벽을 지키는 한 병사가 낮에 졸고 있었습니다. 그런데 너무 고개를 깊게 숙이고 졸다가 그만 철모를 성벽 아래로 떨어뜨립니다. 철모가 성벽 아래로 떨어진 것을 안 이 병사는 철모를 주으러 자신이 알고 있는 길로 내려갑니다. 내려간 병사를 보고 있던 페르시아군은 성벽의 허점을 알아차리고 그 절벽을 통해 성벽으로 쳐들어 와서 정복하고 맙니다.

한 병사의 어이없는 실수가 철통 같은 사데를 함락하게 만들다니 언제나 역사는 우연 같은 필연의 연속인지도 모릅니다.

그런데 어느 쪽이 진실인지 모르지만 기게스가 왕이 된 사연이 두 가지 더 있습니다. 그 중 하나는 고대 그리스의 철학자 플라톤의 『국가론』에 '기게스의 반지' 가 나옵니다.

순박한 목동 기게스는 기이한 반지를 갖게 되는데 반지를 손가락에 끼고 돌리면 반지를 낀 사람의 모습이 보이지 않게 됩니다. 순박한 목동에 불과했던 기게스는 반지의 힘을 이용해서 국왕을 죽이고 그 왕비를 부인으로 삼아 새로운 왕으로 등극한다는 내용입니다.

플라톤은 정의를 설명하면서 '처벌 받지 않고 불의를 행할 수 있는 은밀한 자유의 상징' 인 기게스의 반지의 교훈을 말해줍니다.

갑자기 권력을 쥐게 된 사람들에게 습관처럼 '기게스의 반지' 교훈을 잊지 말라고 합니다. 지난 386세대에게도, 이번 새 대통령에게도 언론은 '기게스의 반지' 를 던지며 노블레스 오블리주를 외칩니다.

아르테미스 신전과 승례문

아르테미스 신전이라고 버스에서 내려준 곳에는 깨어진 몇 개의 대리석만 뒹굴고 있었습니다. 워낙 많은 대리석 조각들을 봐와서 그런지 그냥 여기가 유적지구나라고 느낄 수밖에 없습니다. 땅 위에 납작 엎드려 파랗게 자라고 있는 엉겅퀴를 밟으며 유적지를 거닐었습니다.

바람은 약간 차가웠지만 맑은 하늘 아래 오후 세 시의 해가 하나 있는 신전 기둥의 그림자를 늘이고 있었습니다. 신전의 높이를 가늠하려면 더욱 해는 서산에 기울어져야 하겠지요.

다른 유적지보다 유난히 돌조각들이 조금밖에 없는 아르테미스 신전 터의 하나 남은 기둥마저도 본래의 것이 아닙니다. 조각조각 이어 올려둔 것이지요. 이스탄불의 아야소피아나 아레바탄 사라이의 기둥으로 뽑혀 나갔습니다.

세계 최초의 완전한 대리석 건물로서 127개의 기둥이 바치고 있는 처마도리

Architraves 하나의 무게만도 24톤이나 나갔다는데, 높이 20미터 정도의 훌륭한 이오니아풍의 백색 대리석 기둥을 사용한 이 신전은 완성되기까지 120년이 걸렸다고 합니다.

세계 7대 불가사의 중의 하나인 이 신전은 일곱 차례나 파괴되고 재건되었으나 마지막으로 AD 125년 코트족에 의해 파괴, 약탈된 후로 다시는 재건하지 못하고 이곳의 대리석은 사도 요한의 교회와 이스탄불의 성 소피아 성당을 짓는데 사용되었습니다. 그러나 오늘날 그 웅장한 자취는 찾아 볼 수 없고, 오직 한 개의 기둥만이 그 옛날의 영화를 말없이 전해 줄 뿐입니다. 그조차도 조각을 이어 올려둔 것으로.

이 신전은 당시 최고 부자였던 리디아 왕 크로이소스 때 세우기 시작하였습니다. 리디아 왕국은 부유하기로 유명하여 최초의 금화를 만들었고, 리디아의 수도 사데는 황금의 도시라 하였지요. 그래서 아주 부자에게는 '크로이소스와 같은 부자' 라는 타이틀을 주었다지요.

고대 그리스의 역사가 헤로도토스가 에페소를 방문하여 이 신전을 돌아보고는, 기자에 있는 피리미드에도 떨어지지 않는 걸작으로 묘사하면서 찬탄을 아끼지 않았답니다.

그러나 헤로도토스가 에페소를 방문한 지 1세기 정도 지난 뒤 그 훌륭하고 아름다운 신전은 어리석은 한 인간에 의해 잿더미가 되어 버렸습니다.

'역사에 이름을 남기고 싶다' 라고 생각한 헤로스트라투스라는 정신병자가 신전을 계획적으로 불태워 버린 것입니다. 그 정신병자는 자신의 소원대로 역사에 이름은 남겨졌지요.

여기서 불타버린 숭례문이 생각나지 않을 수 없습니다. 불을 지른 이유가 아르테미스 신전은 자신의 이름을 남기기 위해서였고 숭례문은 재산상의 불이익 때문에 생긴 자신의 분노를 표출한 것이지요. 그 어느 것인들 어디 온전한 생각으로 하는 짓이겠습니까마는.

숭례문을 국민성금으로 복구하자는 의견이 나오자 우리는 많은 사람들이 반대했습니다. 누가 잘못 관리했는데 국민이 성금을 내야 하느냐고요. 그런데 아르테미스 신전은 불타 버린 신전을 재건하기 시작하였는데, 이때 에페소의 여인들은 자금을 마련하기 위해 보석 등을 팔았고, 왕들은 크로이소스 왕을 본받아 기둥을 기증하기도 했습니다.

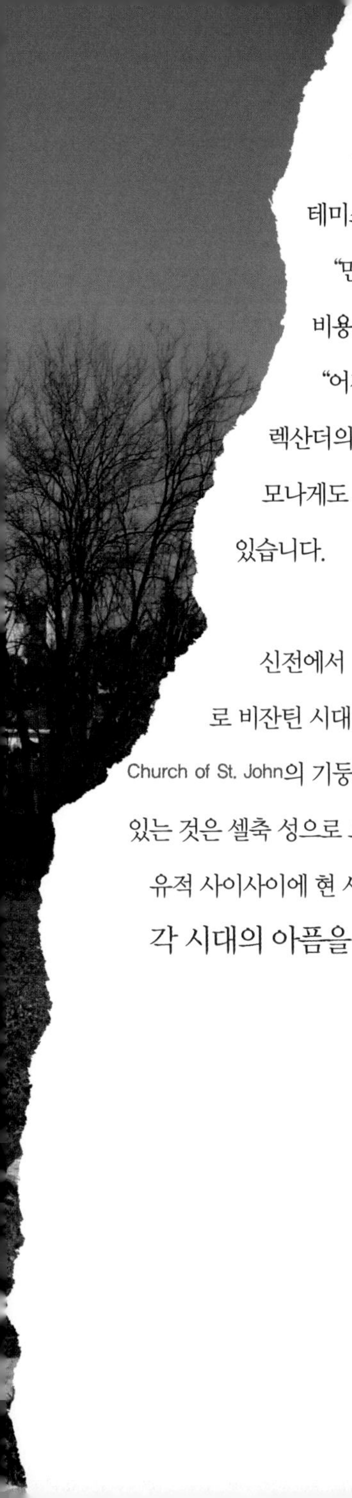

아시아 원정길에 올랐던 알렉산더 대왕은 완성 중에 있던 아르테미스 신전의 장대함과 아름다움에 마음을 빼앗겨

"만일 에페소 사람들이 이 신전을 나의 이름으로 세워준다면 모든 비용을 내가 내겠다"라고 제안하자,

"어찌 한 신이 다른 신의 신전을 지으려 하십니까?"라고 정중히 알렉산더의 청을 거절했다고 합니다.

모나게도 알렉산더 대왕이 태어난 날에 이 신전이 불에 탔다는 이야기가 있습니다.

신전에서 보면 로마 증기탕의 구멍 뚫린 둥근 공 모습이 보입니다. 그 뒤로 비잔틴 시대에 사도 요한의 무덤이 있는 자리에 세워진 사도 요한의 교회The Church of St. John의 기둥들이 보입니다. 사도 요한의 교회 북쪽으로 언덕 위에 높이 솟아 있는 것은 셀축 성으로 오스만 터키 시대의 요새입니다.

유적 사이사이에 현 시대를 살아가는 터키인의 집이 있습니다.

각 시대의 아픔을 간직한 채 공존해 가는 모습입니다.

에 페 소 를 탐험하 다

에페소에 대한 지식은 BC 13세기께 히타이트성경에 햇족속의 비문에서부터입니다. 그때는 아마존의 여인들이 거주했다지요. 에페소라는 이름도 그 당시 여왕의 이름인 '압파소스'에서 따서 지었다고 합니다. 화살을 잘 쏘기 위해 오른쪽 유방을 자르고 남자 아이들은 다 죽이고 자손을 퍼뜨리기 위해서는 다른 종족과 싸워 포로를 잡아 하룻밤을 자고 죽이는 무서운 여인들입니다.

그리스신화에서 헤라클레스가 에우리스테우스 왕을 찾아갔을 때 열 가지 과제를 주었는데 그 중 하나는 아마존 여왕의 허리띠를 훔쳐 오는 것이었지요.

물론 헤라클레스는 여왕을 죽이고 허리띠를 빼앗아 미케네로 돌아갔습니다.

BC 1000 년 그리스인 안드로클로스가 도시를 세우려 신탁을 했습니다.

신탁은

"불, 물고기, 돼지가 만나는 곳에 도시를 세워라"는 것이었습니다.

도시를 세울 만한 곳을 물색하던 중에 점심때가 되자 물고기를 잡아 구워 먹었습니다. 그런데 갑자기 산불이 나더니 산에서 돼지가 뛰어 나왔습니다.

“옳지. 여기가 바로 그곳이구나.”

그래서 이곳에서 살고 있던 아마존의 여인들을 물리치고 도시를 세웁니다.

그러나 역사에 자주 오르내리기 시작한 것은 리디아 왕국의 크로이소스 왕이 이 도시를 BC 560년에 침략하면서부터입니다.

그후 페르시아의 지배를 받기 시작하면서 페르시아와 그리스의 패권 다툼으로 변해 때로는 파괴되고 때로는 번영하면서 영고성쇠를 거듭했습니다. 즉 아테네와 스파르타 간의 유명한 델로스동맹이나, 그리스의 도시국가와 페르시아 간의 펠레폰네소스전쟁도 이 시기에 에페스가 위치한 지중해 연안을 중심으로 발생한 것입니다.

그러나 이러한 소용돌이 속의 에페소도 알렉산더 대왕의 정복으로 평온을 되찾고 융성하기 시작했습니다. 알렉산더 대왕이 죽은 후에는 그의 장군 중에 한 사람이었던 리시마쿠스가 이곳을 지배하면서 피온산 기슭에 새로운 도시의 건설을 명하여 도시가 만들어졌는데 오늘날 우리가 볼 수 있는 유적은 바로 이 시대의 유적이랍니다.

그후 로마가 지배하면서 아시아의 수도를 페르가마버가모에서 이 에페소로 옮기고 도시를 아름답게 꾸며 나갔습니다. 안토니우스가 그의 정적 옥타비아누스와 대치하던 중 클레오파트라와 함께 이곳에 머물기도 했다지요.

셀축 쪽의 입구에서부터 에페소 고대도시를 탐험합니다. 말 그대로 탐험이었어요. 대리석의 폐허 속을 거니는 기분은 꼭 고대도시의 탐험과 같은 기분이었습니다.

왼쪽 저 멀리 바위에 구멍들이 나 있었고 우리들은 그게 에페소인들의 집이라고 생각했지요. 가게이었거나 집이었을 대리석 잔해들이 규칙적으로 보였습니다. 그 위에 있었을 기둥과 지붕들을 재구성해봅니다. 무척 좁은 공간이었습니다. 조금 경사진 구레테스 길을 따라 목욕탕, 공중 화장실이 있습니다.

긴 의자에 구멍을 낸 대리석 판으로 50명의 사람들이 줄지어 사용하던 개방적인 변소로 목욕탕으로부터 나온 물이 씻어 내려가게 위생적으로 고안되어 있습니다. 좌석 정면에 있는 수로는 깨끗한 물이 흘러 용변을 본 후 이용할 수 있게 되어 있었습니다. 일을 보면서 이야기를 나누고 그 앞에는 악사들이 연주도 했다고 하니 참 좋은 세상이었을 것 같습니다. 남에게 엉덩이를 보이게 될까 걱정은 하지 마세요. 로마의 토가식 의상은 전혀 속살을 보이지 않고도 일을 볼 수 있으니까요.

여기 에페소에서는 세 가지의 건축 양식을 다 볼 수 있습니다. 도리아식, 이오니아식, 코린트식 말입니다. 이오니아의 수도이기도 했던 이 에페소에서 가장 두드러지게 보이는 것은 코린트식입니다. 기둥머리에 아칸사스 잎을 조각한 화려하고 섬세한 양식입니다.

에페소 고대도시 중 구레테스 도로상에서 가장 눈길을 끄는 것은 하드리아누스 신전의 문입니다. 이 건물은 138년께 지어져 하드리아누스 황제에게 바쳐졌다지요. 아치형으로 된 문에는 행운의 여신 니케의 조각상이 있고 코린트식 기둥이 떠받치고 있습니다. 그 뒤 안쪽 반원형에는 메두사의 조각상이 아칸사스 잎을 들고 있었습니다. 원형이 가장 많이 남아 있는 건물입니다. 여기의 메두사는 아름다운 메두사의 모습도 있습니다. 머리가 뱀이 아닌 타래 머리로 되어 있습니다.

경사진 길의 내리막을 가다보면 구레테스 도로가 끝나는 부분에 헤라클레스의 문이 2층의 구조로 되어 있었습니다.

여기에 있는 두개의 기둥에는 네미아, 사자 가죽을 뒤집어쓴 헤라클레스의 모습이 부조되어 있어서 이 문은 헤라클레스의 문이라 불리게 되었습니다. 그리스신화에서 헤라클레스는 네미아 골짜기에 사는 사자를 죽였다고 하는데 이 사자를 죽이는 일은 이 세상에서 가장 어려운 열두 가지 일 중에 하나였다고 합니다. 이 문은 귀족과 평민의 경계선이 되었다지요.

대리석 도로와 만나는 코너의 맞은편에 셀수스의 도서관이 있습니다. 그 당시에 시리아, 버가모의 도서관에 이어 세 번째로 컸다는 이 도서관은 네 개의 조각상이 정문을 버티고 있습니다.

쥴리우스 셀수스가 소아시아주의 총독으로 114년에 70세의 나이로 죽게 되자 그의 딸 줄리우스 아퀼라가 그의 아버지 셀수스를 기리기 위해 이 도서관을 건축하여 125년에 완성하였습니다. 도서관 내부는 습기를 방지하기 위하여 이중벽으로 되어 있어서 당시에 소장되어 있던 수 천 권의 두루마리책을 보호하게 했습니다.

이 도서관은 여자는 출입금지여서 한 귀족 부인이 반대편에 지하통로를 뚫어 공부하러 다니기도 했답니다.

셀수스의 도서관 맞은편에는 창녀촌이었답니다.

공부하러 온 남자들이 바로 앞의 여자들을 외면하기가 쉽지 않았겠지요. 그래서 귀족

부인이 만들어 놓은 지하통로로 다녔다는데 요즈음도 도서관에 간다고 하고 놀러만 다니는 경우가 흔하니 예나 지금이나 공부하기는 다 싫은가 봅니다.

터키에는 예쁜 여자를 책에 비유한답니다. 예를 들면 "책보다 예쁜 여자"라고 말입니다. 글쎄, 책과 여자라? 영 맞지 않는 것 같은데요.

셀수스 도서관에서 대리석 도로를 따라 원형극장으로 갑니다. 크고 고른 대리석이 깔려 있습니다. 양 옆에는 커다란 대리석들이 몸통에 번호를 붙인 채 나뒹굴고 있습니다. 저 모든 것을 복원하려면 얼마나 많은 인력과 시간이 필요할지 모르겠습니다.

네로 황제 시대에 2미터 높이 둑을 쌓아 회랑을 만들었습니다. 원래 이 회랑의 벽에 이용되던 벽돌은 철이나 아연으로 된 꺽쇠를 박아 연결시켰는데 비잔틴 제국시대에 에페스가 경제적으로 허약해졌을 때 이 꺽쇠를 사용하기 위해 모두 제거하여 지금도 그 파인 구멍이 흉하게 남아 있었습니다.

또한 아고라 쪽 도로변의 바닥에는 한 여인의 얼굴 모습과 왼발이 크기보다 작은 미성년자는 사절 그리고 하트 모양의 그림과 아코로디아나를 따라오세요라는 문자와 화살표가 그려져 있고 구멍돈을 가져오세요을 뚫어 놓았습니다. 이것은 비잔틴 시대의 것으로 창녀촌을 광고하는 모습입니다.

세계 최초의 광고라고 하는데 이탈리아의 폼페이에서도 세계 최초의 광고라고 하던 창녀촌 광고가 기억납니다. 아이러니컬하게 창녀촌 광고가 최초의 광고였다니 참, 나 원 웃기는 세상입니다.

대리석 도로에서 왼쪽으로 내려다보면 아고라가 보입니다. 시장터입니다.

가로 세로 110미터의 넓은 터로 되어 있는 이 아고라는 에페스 도시 생활의 중심지였습니다. 청동, 구리제품, 등잔을 비롯한 많은 도자기 제품, 아라비아산 약용식물, 포도주, 꿀, 고기, 비단, 보석 등이 거래되었답니다. 로마시대에 아고라는 신성한 장소로 여겨져 사람들은 밭에서 입는 옷을 입고 아고라에 들어가지 않았다고 합니다.

화장품과 진기한 물건들이 많아 에페소의 여인들이 가고 싶어 하던 곳이었고 클레오파트라도 여기서 화장품을 샀다고 하더군요. 하지만 지금은 가게터의 이끼 낀 돌만이 무심하게 있습니다.

원형극장은 피온산 기슭의 비탈을 이용해 건설되었는데그래야 건설비도 적게 들고 짓기도 쉬웠겠지요 트라이아누스 황제 시대의 것입니다. 가파른 관중석을 올라갔습니다. 아주 경사가 급합니다.

원형극장은 대개 그 도시 인구의 10분의 1쯤 수용할 규모로 지었다지요. 이곳의 수용 인구가 2만 5천 석 정도이니 에페소의 인구는 대략 25만 명이었을 겁니다.

낮은 무대가 있고 중간 이층 무대도 있습니다. 정교한 음향학적 구조로 되어 있어 배우가 작은 소리로 대화를 해도 관중석 끝자리의 사람도 모두 알아들을 수 있었다고 합니다.

성악 전공의 음악 선생님이 무대 중앙에서 'O sole mio'를 열창했습니다. 원형극장의 스탠드에 앉아 노래에 흠뻑 빠져 들었습니다. 따사로운 겨울 햇살과 구름 한 점 없이 파란 하늘, 그리고 관객석에서의 나. 앙코르를 외치며 한없이 빠져들고 있었습니다.

상품이 되어버린 신과 신화

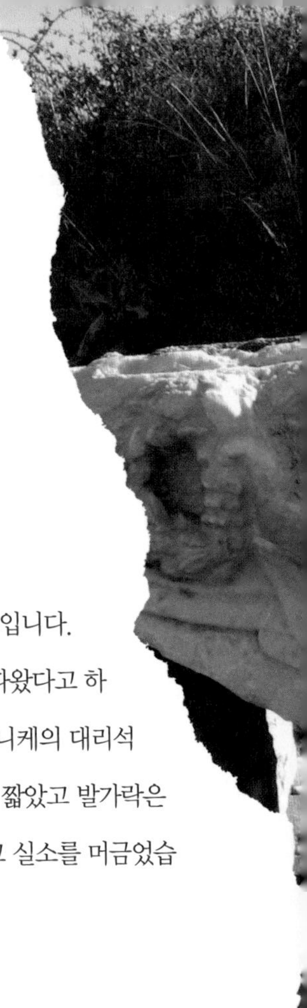

신발 브랜드인 '나이키'는 그리스신화에 나오는 니케가 원조입니다. 승리의 여신 니케의 옷자락 선에서 따왔다고도 하고, 날개 선에서 따왔다고 하는 부드러운 곡선의 V는 잘 맞아 떨어진 로고입니다. 에페소에 있는 니케의 대리석상은 부드럽고 자연스럽게 흐르는 옷자락에 비해 다리는 터무니없이 짧았고 발가락은 뭉툭했습니다. 잠시 머릿속에 니케신의 발에 나이키 신발을 신겨 보고 실소를 머금었습니다.

스타벅스 로고에 그려진 여인은 그리스신화에 나오는 사이렌입니다. 사이렌은 흔히 말하는 반인반어이고, 고대에는 사이렌이 물고기 꼬리가 아니라 새의 몸통으로 표현되기도 했습니다.

지중해의 한 섬에 살고 있는 반은 여자이고 반은 새인 사이렌은 아름다운 노래로 지나가는 선원들의 정신을 빼앗아 배를 파선시키고, 선원들을 잡아먹었습니다. 그런데 이

사이렌의 노랫소리를 통과한 사람이 둘 있었는데 하나는 율리시즈요, 하나는 오르페우스였습니다. 율리시즈는 선원들의 귀는 밀랍으로 막고 자신의 몸은 돛대에 묶은 채 그 섬을 지나갔습니다. 반면에 오르페우스는 그의 배 아르고 호가 사이렌의 섬을 지나갈 때 하프를 연주하며 노래를 불렀습니다. 그 소리가 너무도 아름다워서 선원들은 아무도 사이렌의 노래에 미혹되지 않았습니다.

우리는 스타벅스 커피점을 지나가는 선원들입니다.

어느 커피점보다 비싼 스타벅스 커피를 마시지 않을 자신이 있는 **현대인은 율리시즈와 같은 지략가이거나, 오르페우스처럼 더 뛰어난 재능을 가진 사람들뿐입니다.**

자본주의의 폐해를 이야기하며 커피잔 밑으로 솔솔 빠지는 외화를 아쉬워하면서도 스타벅스를 애용하고 있습니다. 그게 우리들입니다.

검색포탈 서비스인 네이버의 로고는 그리스 신 헤르메스가 쓴 날개달린 모자를 상징하지요. 헤르메스는 인간에게 무게를 재는 법, 측량, 예술 심지어 도박까지 알려줬다고 하는데 실제 인터넷 검색에 안 되는 게 어디 있습니까?

대법원 로고에는 여신이 나옵니다. 저울과 법전을 양손에 들고 있지요. 원조는 그리스신화에 나오는 여신 테미스입니다. 여신은 저울과 칼을 들고 있습니다. 이탈리아 명품 에트로ETRO는 페가수스그리스신화에 나오는 날개 달린 말를 심벌과 로고로 채택하고 있습니다. 그리고 건강음료 박카스는 로마신화의 박쿠스의 변형이지요. 그리스신화의 디오니소스에 해당합니다. 유명한 타이타닉호의 이름도 티탄의 이름에서 따온 것으로 이해할 수 있습니다. 티탄Titan은 그리스신화에 나오는 거인족입니다. 영어로는 타이탄입니다.

가장 신화를 잘 이용한 상품의 로고는 베르사체입니다.

베르사체를 대표하는 것은 '황금빛 메두사' 로고입니다. 메두사의 얼굴을 똑바로 쳐다본 사람은 그대로 돌처럼 굳어 버린다는 그리스신화에서 힌트를 얻어 자기 옷을 바라보는 사람을 압도하겠다는 야심이 반영된 메두사 로고는 자유와 미의 원천이며 베르사체 미학의 정체성이기도 합니다. 옷이나 핸드백, 장신구에 여자들은 메두사를 달고 다닙니다. 가장 두려워하는 신인 메두사가 현대에는 한낱 장식품이 되어 거리로 끌려 다닙니다.

신화가 상품이 되어 타락한 모습으로 나타나는 현대에 현대인은 분명 초라하게 위축되어 가는 사람들의 현주소인지 모릅니다.

신화가 신화로 살아 있을 때라야 사람들은 신과 비견되거나, 신과 대결하거나, 신을 뛰어 넘을 수 있기 때문입니다.

Cappadocia

모멘토 모리, 네크로 폴리스를 지나 히에라 폴리스로

파묵칼레와 히에라 폴리스, 네크로 폴리스는 거의 한 곳에 집중되어 있습니다.

언덕 중간쯤에 죽은 자들의 도시인 네크로 폴리스를 지나 목화성이라는 파묵칼레로 갑니다. 그리고 산의 조금 높은 곳에 히에라 폴리스가 있지요.

커다란 무덤의 도시인 네크로 폴리스를 지나갑니다. 아직도 계속 발굴중인데 발굴이 아주 허술합니다. 무덤들이 허물어져 있고 많이 훼손되어 있었습니다. 발굴이라기보다는 도굴에 가까워 보입니다.

석회석을 포함한 온천물에 치료를 받으러 사방에서 몰려온 환자들이 병을 고치지 못하고 죽으면 묻혔던 곳이라고 합니다. 온천물의 효험으로 나을 수도 있었지만 워낙 많은 사람들이 몰리다 보니 저렇게 커다란 무덤의 도시를 만들 수 있었겠지요.

가장 많이 눈에 띄는 무덤은 석관입니다. 1,200여 개의 석관들이 방치되어 있는데 석관마다 여러 문양들이 조각되어 있었으며 메두사저주의 여신가 조각되어 있는 것도 있었습니다. 시신을 보호하기 위해 석관을 쓸 수밖에 없었겠지요.

조금 더 규모가 큰 석굴집도 있었지요. 문이 있고 선반 형식으로 되어 있는데 부자나 귀족의 묘이다 보니 부장품이 많아 도굴을 많이 당했을 겁니다.

그리고 9개의 돔 모양의 무덤이 있었습니다. 우리나라 고분 모양이지요. 이런 묘는 영웅들의 묘라고 하더군요.

죽음과 삶 사이에 있는 수많은 무덤들을 보면서 말할 수 없는 평화를 느꼈습니다. 양들이 풀을 뜯고 있고 무덤 사이를 거닐다보니 내가 죽음과 삶 사이 그 가운데서 방황하고 있는 듯한 느낌이 들었습니다. 관 뚜껑이 열려 있기도 하고 완전히 속이 드러난 석관들도 보였습니다.

네크로 폴리스를 나와 조금만 더 가면 오른쪽으로는 파묵칼레가 있고 왼편으로 올라가면 히에라 폴리스가 있습니다.

파묵칼레는 석회석을 함유한 온천물이 긴 세월 동안 흘러내리면서 희고 아름다운 다양한 형태의 성 모습을 만들어내 '목화의 성' 이라는 이름이 붙었습니다. 이것은 다양한 칼슘이 들어 있는 온천물이 공기 중의 이산화탄소와 만나서 석회석으로 변하면서 형성된 자연의 비경입니다.

1997년부터는 관광객 때문에 훼손되고 마구잡이로 온천물을 끌어다 쓰는 통에 온천물도 관을 통해 구역을 정해 내려 보내줍니다. 오랜만에 양말을 벗고 따뜻한 온천물에 발을 담갔지요.

참 성경에 라오디게아 교인을 향해 책망을 하는 말이 있지요.

차갑지도 않고 덥지도 않은 믿음을 책망하였지요.

"내가 네 행위를 아노니 네가 차지도 아니하고 덥지도 아니하도다. 네가 차든지 덥든지 하기를 원하노라."

라오디게아 마을은 2000년 전 그 맑고 깨끗한 자연 속에 위치했음에도 불구하고 물이 정말 안 좋았다고 하더군요. 물이 부족한데다 수질이 나빠서 마실 수가 없었답니다.

하지만 히에라 폴리스는 바닷가에 있는데 온천이 펑펑 터지는 마을이었답니다. 뜨거운 물에 관해서는 주님으로부터 축복 받는 마을이었으리라고 생각됩니다만 라오디게아 마을은 히에라 폴리스로부터 송수관을 통해서 온천물을 공급받았답니다. 그런데 그 송수관의 길이가 너무 길어 오는 도중에 다 식어 미지근해졌답니다.

히에라 폴리스는 해발 약 750미터의 리쿠스Lycus 계곡의 언덕 위에 세워진 도시입니다. 경사진 언덕을 따라 또 하나의 고대도시로 들어갑니다. 파묵칼레 위의 도시지요. 이름 그대로 '성스러운 도시' '신의 축복으로 이루어진 도시' 임에는 틀림없었습니다.

세계문화유산에도 등재된 이곳은 아크로폴리스의 한 쪽에는 로마시대에 건설된 커다란 원형 극장이 있었습니다. 이 대극장은 수용인원이 1만5천 명을 헤아리는 당시로서는 초대형 극장이었으며, 공기를 넣은 수백 개의 항아리들로 객석의 꼭대기 부분을 장식함으로써 무대에서 발생하는 각종 소리가 생생하게 반향될 수 있도록 완벽한 음향시설을 갖추고 있었습니다.

지금은 지진으로 인해, 혹은 오랜 세월 속에 무너지고 파괴된 채, 널브러진 그리스와 로마의 유적들 사이로 잡초들만 무성한 채 양떼들이 소리 없이 풀을 뜯고 있었습니다.

바둑판 모양의 정교한 도시계획에 따라 건설된 히에라 폴리스에는 '신전 전시관' 으로 불릴 정도로 많은 수의 신전이 건립되었습니다.

대리석을 장식한 석각공예가 특히 발달하여 신전과 기둥의 섬세한 돌조각들이 눈길을 끌었습니다. 이곳의 얼룩무늬 대리석은 유명하여 비잔틴 최고의 건축물인 성 소피아 성당의 기둥으로 사용되기도 했다고 합니다.

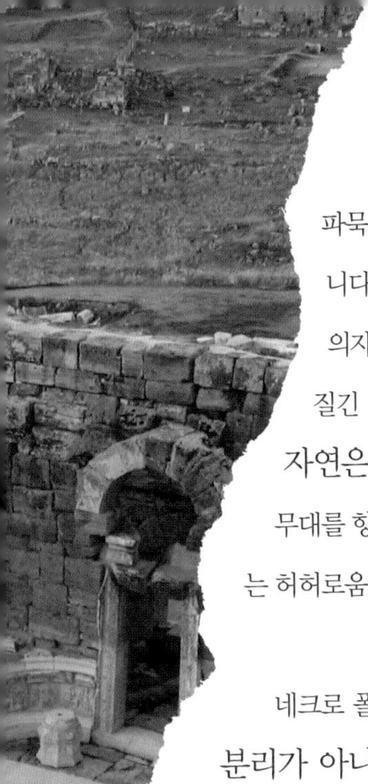

원형극장의 꼭대기까지 올라가 내려다봅니다. 하얀 들판 같은 파묵칼레도 잘 보이고 넓은 들을 감싸 안은 눈 덮인 산들이 멀리 보입니다. 객석에 앉아 무대를 향해 환호를 보내봅니다. 이끼 낀 석회암 의자는 틈새마다 민들레, 거북손이 같은 들풀들을 키우고 있습니다. 질긴 생명력입니다. 인간이 만든 문명은 저렇게 폐허가 되어 있지만 자연은 수천 년을 그대로 똑같이 생명을 이어갑니다.

무대를 향하려 해도 자꾸만 무대 너머의 폐허로 눈길이 갑니다. 폐허가 주는 허허로움이, 옛날에 대한 향수가 자꾸만 나의 시선을 붙잡는지 모릅니다.

네크로 폴리스를 지나고 히에라 폴리스를 거닐면서 죽음은 삶에서의 분리가 아니라 삶과의 공존이라는 생각이 들었습니다. 이런 생각은 나이가 들어가면서 더 죽음 쪽으로 다가가면서 느끼게 되는 감정이겠지요.

삶 속에 죽음이 녹아 있고 죽음 속에 삶이 녹아 있다는 것을 젊을 적에는 잘 알지 못하지요. 죽음이 사람 사이를 갈라놓는 것이 아니라 사람 속으로 들어가 사람의 마음속에서 다시 살아 있는 실체가 되는 건지도 모르지요.

"모멘토 모리죽음을 기억하라" 라는 구절이 자꾸만 다가왔던 곳입니다.

기기묘묘한 카파도키아

카파도키아는 유네스코가 세계 자연 및 문화유산 지역으로 두 가지를 동시에 지정한 곳인데 이런 경우는 흔치 않습니다.

아나톨리아 고원지대에 위치한 이곳은 원래 사암지역이었지요. 그런데 수백만 년 전에 화산 폭발이 일어나 응회암이 그 위를 덮었습니다. 그후에 서서히 침식작용이 일어나면서 기기묘묘한 풍경을 연출하게 되었지요. 지표면을 조금만 파면 사암지대가 나오기 때문에 땅을 잘 팔 수 있어 지하도시나 지하 교회, 땅 속 집을 만들 수 있었습니다.

'친절하고 사랑스러운 땅' 이라는 뜻을 지닌 이곳에는 많은 유적과 역사적 사건들이 있습니다. 또한 '카파도키아' 라는 말은 페르시아말로 '말馬이 아름다운 나라' 라는 뜻도 있답니다. 훌륭한 말로 페르시아에 조공을 바쳤다지요.

'카파도키아' 라는 명칭은 괴뢰메, 젤베, 위르굽, 오타히사르 등의 도시와 마을로 이루어진 지역을 통틀어 일컫는 지명입니다.

중부 아나톨리아 고원은 로마시대에는 동쪽의 변경으로 시저가 이곳 아나톨리아를

정복하면서 "왔노라, 보았노라, 이겼노라"라는 유명 한 말을 남겼습니다.

최초 동굴벽화라고 하는 차탈회윅이 있고 여기 벽화에는 핫산의 화산 폭발 모습과 화산을 피하여 도망치는 모습이 그려져 있다고 합니다.

괴레메는 카파도키아의 중심도시로 카파도키아의 관문에 위치해 있기 때문에 사람들이 가장 먼저 발을 들여놓는 명소입니다. 카파도키아 투어의 대부분이 이곳에서 시작되기 때문인지 주변은 온통 여행사와 호텔뿐이었습니다. 카파도키아에 대한 최초의 기록은 기원전 6세기 것으로 당시에는 페르시아 총독의 지배를 받았으며 조로아스터교가 광범위하게 퍼져 있었습니다. 카파도키아는 로마에 의해 정복당할 때까지 페르시아의 특색을 유지해 왔습니다. 괴레메는 카파도키아에서 가장 오래된 주거지 중 하나로, 회교가 그 세력을 확장할 때 아랍 회교도들의 공격을 받던 기독교인들에 의해 이 조그마한 마을 괴레메가 생겼습니다.

교회는 7세기에 처음 건설된 후 대부분이 10~13세기 비잔틴과 셀축 시대에 지어졌습니다. 4세기에 카이세리에 살던 성 바실은 그리스와 이집트를 여행해 보고 이집트의 사막에서 수도하는 수도사들의 생활이 가장 거룩한 생활 방식이라 믿게 되었으며, 카파도키아 지역이 그가 살고 있는 곳에서 사막에 가장 가까운 곳이라 생각하여 이곳으로 은둔자들을 모으기 시작하였다고 합니다. 이곳에서의 은둔 생활은 여러 해를 거치는 동안에 수도원을 세우게 된 계기가 되었다고 합니다.

물론 괴레메는 기독교 시대 이전에도 중요한 거주지이었습니다. 사람들이 바위를 파서 만든 집에 살았으며 이 집들 중에서 일부는 후에 교회로 바뀌었습니다. 이곳 바위는 화산성 응회암으로 만들어져서 매우 잘 파지며 지금도 곳곳에 바위를 파서 주거시설로 이용하고 있거나 관광객을 위한 식당이나 여관으로도 이용되고 있습니다. 바위 구조물 중 일부는 무덤으로도 사용되었습니다.

터키의 그랜드 캐넌, 우치사르

괴레메에서 3Km 정도 떨어진 '바위덩이의 마천루' 라 불리는 우치사르Uchisar로 갔습니다. 우치사르는 히타이트 시대의 중심지였습니다. 먼발치에서 바라본 그곳은 매혹적인 모습으로 다가왔습니다. 벌집 모양의 바위산은 두 개의 거대한 바위가 주변의 더 작은 바위들에 둘러싸여 천연의 요새로서의 진용을 갖추고 있었습니다.

1,300미터에 이르는 고지대에 위치한 우치사르는 황량하고 기괴한 주변풍경이 어딘가 매우 묘해 보였습니다. 그 이유는 기기묘묘한 바위들에 수없이 뚫려 있는 비둘기집 때문입니다.

한때 비둘기들이 거주했던 이곳에 기독교인들이 들어오면서부터 그들과 공생의 관계를 맺게 되었습니다. 기독교인들이 성화를 그리기 위해 비둘기 알을 이용했고 그들은 비둘기 알에서 염료를 얻어 석굴 예배당의 성화를 채색했다고 합니다.

그리고 지금도 키 작은 포도밭이 많이 있었는데 비둘기의 배설물을 이 포도밭에 비료로 써왔다니 비둘기의 용도는 다양합니다.

우치사르를 전망할 수 있는 곳에 나이 많은 아저씨 한 분이 많은 코바늘 뜨기로 만든 물건을 늘어놓고 팔고 있었습니다. 손으로는 쉴 새 없이 코바늘을 뜨면서 파는 모습이 신기해서 사진에 담아 보았습니다. 접시 받침, 전화기 받침, 식탁보 등의 하얀 코바늘실 장식품들이 우리들에게는 사라진 옛 모습이어서 더 아련한 추억까지 잠기게 하였는지 모릅니다.

우치사르의 서쪽 계곡은 화산재가 굳어진 응회암이 오랜 풍화작용으로 인해 진기한 모습을 드러내고 있었습니다. 터키의 그랜드 캐넌이라고 하는 말을 수긍하면서 서툰 솜씨로 파노라마 사진을 찍었습니다.

사진작가들이 사시사철 찾아와 카메라를 들이미는 절경입니다.

이 아름다운 풍경이 세상에 알려진 것은 한 예수회 신부의 발견 때문이라고 합니다. 나귀를 타고 나귀의 등에서 끄덕거리며 보았던 이곳의 풍경에 반할 만도 하더군요.

캐러밴 사라이에서 실크로드를 만나다

중앙선도 거의 보이지 않는 거친 아스팔트를 달립니다.

차창 밖의 풍경에 무의미한 눈길을 보내고 있는 자신을 발견하게 됩니다. 여행 중이라는 것조차 의식하지 못한 채 멍한 표정으로 스치는 풍경만, 또 스치게 만드는 그런 순간의 연속입니다.

어렸을 적부터 가슴 설레게 했던 비단길, 이 길도 그 실크로드입니다.

'비단길' 이라는 황병기의 가야금 독주곡을 들을 때 작곡가가 신라의 고분에서 발견된 페르시아 유리그릇의 신비스런 빛에 취해 작곡했다는 배경 설명에 화려한 비단이 끝없이 펼쳐진 초원과 들꽃 속의 길을 연상했습니다.

비단길은 나에게 끝없는 동경의 길이었습니다. 사막과 초원과 낙타, 이 생소한 세 단어만으로도 충분히 환상 속을 거닐게 할 수 있었습니다.

실크로드의 역사는 기원전 4000년께 이미 채색 도자기가 동유럽, 중앙아시아, 서아시아, 중국에 걸쳐 넓게 존재했다는 것으로 봐서 그때부터 왕래가 있었을 것이라고 추측합니다. 실크로드를 통해서는 과거로부터 현재까지 수많은 문물들이 오고 갔습니다. 옥, 비단, 제철, 보석, 과일, 유리, 악기, 학문, 종교, 식물 등이 실크로드를 타고 동서남북으로 퍼져 나갔고, 특히 제지법, 나침반, 화약 등은 중국에서 유럽으로 전파되어 유럽을 중세에서 근세로 이끄는데 있어 중요한 역할을 하였습니다.

중국의 장안과 이탈리아의 로마 사이에는 직선거리로 9,000km이지만 실제 실크로드는 12,000km입니다.

그리고 그 사이에 유라시아가 있습니다. 중국과 중앙아시아와 서남아시아와 아라비아반도의 북쪽, 소아시아, 그리고 결국 실크로드는 아시아의 끝인 이스탄불에서 거의 끝이 납니다. 유럽과 아시아를 잇는 게 아니라 아시아 사이를 누비다가 아시아의 끝에서 조금 더 가는 셈입니다.

파묵칼레에서 카파도키아를 거쳐 안타키아로 향하는 이 길은 실크로드 중에서 가장 왕래가 빈번했던 곳입니다. 페르시아 군대가 왕의 길을 닦았고 로마가 아시아를 정복할 때도 이용했으며 그리고 사도 바울도 이 길을 갔습니다.

실크로드 중에서 오아시스 루트였던 이 길 위에도 캐러밴 사라이가 있었습니다. 바로 술탄 한 캐러밴 사라이입니다.

13세기에 셀주크의 술탄 알라딘 케이트바트에 의해 만들어진 성채처럼 높은 벽으로 둘러싸인 사각형의 건물이었습니다. 정문의 음각 조각이 아름답게 장식되어 있었습니다. 육중하게 보이는 나무문을 열고 들어서자 정원이 있고 중앙에는 무슬림을 위한 기도처로 쓰인 건물이 있었습니다.

사방은 뾰족한 아치형의 지붕을 받치고 있는 회랑으로 연결되었고 2층으로 오르는 가파른 계단이 있습니다. 2층은 숙소로 쓰였고 아래층은 동물들의 숙소로 쓰이거나 식당이었겠지요. 기둥만 남은 회랑 안에는 낙타를 매어 두었던 자국도 있었고 부엌이었던 듯 그을린 천장과 취사도구들이 널려 있는 곳도 있습니다.

관리인도 보이지 않았던 이곳은 그래도 잘 보존되고 복원된 캐러밴 사라이입니다. 다른 캐러밴 사라이는 옛날처럼 여행객들의 숙소로 쓰고 있거나 식당으로 개조하여 쓰고 있는 곳도 있다고 합니다.

사라이는 터키 말로 궁전이니 '거상들의 궁전' 이지요.

셀주크 제국의 뛰어난 유산 중의 하나인 캐러밴 사라이는 셀주크 후원자들이 상거래 활성화를 위해 거상과 동물에게 숙소와 음식을 제공하고 기도할 사원과 목욕, 의료 서비스까지 지원했습니다.

낙타가 하루에 걸을 수 있는 거리인 20~30km마다 하나씩 세워졌던 캐러밴 사라이는 터키 내에 120여 개 정도 있습니다. 상당수가 카파도키아에 있습니다. 터키 정부는 이 캐러밴 사라이들을 10번째 세계 문화유산으로 등재하려고 준비하는 중이랍니다.

캐러밴 사라이에서는 대상들을 철저하게 보호해 주었습니다. 도적들이 도저히 담을 넘을 수가 없게 높게 지었으며, 캐러밴이 가지고 들어온 물품의 목록을 다 적어 두었다가 다시 길을 떠날 때는 하나씩 확인해 줄 정도로 거상들에게 편하고 안전한 휴식처였습니다. 수천 km의 노정에서 캐러밴 사라이가 없었더라면 아마 실크로드도, 수많은 문물도 실어 나를 수 없었을 테지요.

필요가 수요를 만들었는지, 수요가 필요를 만들었는지 모르지만 거기에 꼭 있어야 하는 것들은 언제나 거기에 있습니다.

캐러밴 사라이는 늘 열려 있습니다.

해가 지는 저물녘에 하루를 이동하다가 지칠 무렵, 저 멀리 보이는 웅장한 성채는 안식과 희망이었을 것입니다. 낙타를 우리에 몰아넣고 기도를 드리고 평안한 휴식을 취할 수 있었던 캐러밴 사라이는 수천 km를 가야 하는 캐러밴들에게 또 하나의 가정이었을 것입니다.

거꾸로 나귀를 탄 나스레딘 호자

아나톨리아 지방을 지나다보면 커다란 동상이 서 있는 곳을 간혹 볼 수 있습니다. 그 중 하나는 터키인이라면 모르는 이가 없는 유명한 나스레딘 호자Nasreddin Hodja입니다.

13세기부터 지금까지 나스레딘 호자의 이름으로 전해져 오는 이야기가 많이 있습니다. **'호자'는 터키어로 이슬람 선생님**을 의미합니다. 이야기의 주인공인 나스레딘에게 호자라는 별칭이 붙은 것은 그가 신학교를 나와 이맘과 재판소 판관 등으로 일했기 때문입니다. 그렇지만 그가 언제 태어나 죽었는지에 대해선 명확하게 알려진 바가 없습니다.

나스레딘 호자는 한 명의 인물이 아니라, 터키 민중의 상징적 존재이기도 합니다.

터키 사람들은 자신들이 하고픈 이야기를 직접 표현하지 못할 때, 지혜로우면서도 세상 물정을 몰랐던, 그러나 존경 받는 나스레딘 호자를 통해 자신의 이야기를 풀어나갔다고 합니다. 어린 아이같이 순수하게 자신의 소박한 욕심을 드러내기도 하고 천진하게 세상을 바라보는 나스레딘을 통하여 세상을 풍자하고 웃음을 잃지 않은 터키 사람들의 지혜를 엿볼 수 있습니다.

나스레딘은 나귀를 거꾸로 탄 할아버지입니다. 중부 아나톨리아의 사람인데 한 손에 체리를 들고 있습니다. **그는 천진함과 야릇함으로 사람들에게 미소가 떠오르게 하는 많은 이야기들을 가지고 있습니다.**

특히 나귀를 거꾸로 탄 것에 대해서는 다음과 같은 이야기가 있습니다.

호자는 돈을 모아 나귀 한 마리를 사게 되었습니다. 당시에는 나귀를 살 수 있을 정도라면 부자에 속하는 편이지요. 호자는 아주 살이 찐 나귀를 샀는데 난생 처음으로 나귀를 타게 되었습니다.

안장은 왼발을 올리고 타도록 되어 있는데 호자는 오른발을 올려 두고 탔습니다. 그러니 자연히 거꾸로 타게 될 수밖에 없었습니다.

그러자 호자는,

"아, 그놈의 장사꾼이 왼발잡이용 당나귀를 내게 팔았군" 이라며

화를 냈습니다.

그걸 본 마을 사람들은 거꾸로 나귀를 탄 호자에게,

"선생님, 선생님이 거꾸로 타고 다니시니까 어지럽군요"라고 말했더니 호자는,

"글쎄 나는 바로 가고 있는데 자꾸 이 나귀가 거꾸로 가는구려"라며 태연하였습니다.

TURKEY

이 나귀를 거꾸로 탄 사연에는 다른 이야기도 있습니다.

어느 날 호자가 그의 스승들과 함께 이슬람 사원으로 갈 때 그는 나귀의 뒤쪽을 보고 타기로 결정했습니다.

스승들은 물었습니다.

"너는 왜 나귀의 뒤쪽을 보고 타느냐? 매우 불편할 텐데."

호자는 대답했습니다.

"내가 앞을 보면서 타면 스승들이 내 뒤에 있을 것이고, 스승들이 내 앞을 걸어간다면 나는 스승들의 뒤에 있을 것입니다. 어떤 쪽도 내가 스승들을 볼 수 없을 것이므로 나귀에 돌아 앉아 타고 가는 것이 가장 논리적인 방법입니다."

거꾸로 세상을 보면서 남들이 가지 않는 길을 가려했던 나스레딘 같은 사람이 다들 똑똑한 사람만이 앞으로 나갈 수 있는 요즘 같은 세상에 정말 필요한 사람일지 모릅니다.

위대한 슐레이만과 록셀란

술탄 술레이만 1세는 터키의 알렉산더 대왕이라고 불릴 만큼 재능과 능력을 겸비한 인물로 손꼽힙니다. 알렉산더가 헬레니즘 문명을 동양에 퍼트린 대왕이라면 술레이만은 이슬람 문명을 서양에 퍼트린 대왕이라고 할 수 있지요.

그래서 '술레이만' 이라는 이름은 16세기 유럽에서 공포와 존경의 대상이었습니다. 유럽에서는 늘 술레이만 1세의 이름 앞에 '위대한' 이라는 말을 넣었습니다.

그가 술탄으로 즉위했을 때 이스탄불은 동서양 무역의 중심지였고 실크로드의 종착지였으며 이슬람 세력의 최전성기를 이루었던 때였습니다. 이렇게 생각하면 그는 너무나도 훌륭한 왕입니다. 한 여자 록셀란을 만나기 전까지만 해도.

록셀란에게

무히비, 네 아름다움의 꽃밭에서

종달새는 아침이 되도록 그렇듯 너를 찬미하고 있구나.

이런 시를 바쳤을 정도로 여자에게 빠져들었던 술레이만을 과연 위대하다고만 할 수 있었을까요? 시오노 나나미의 『이탈리아에서 온 편지 2』를 읽으면 그 록셀란을 '노예에서 황후가 된 여자'로 표현했더군요.

다음은 그 책의 이야기입니다.

술탄 술레이만에게는 봄장미라는 여인이 있었습니다. 그녀는 무스타파라는 첫 아들을 낳았으므로 첫째 부인인 셈이지요. 그런데 러시아 여자라는 뜻의 록셀란이라는 한 여자 노예가 진상되면서부터 이야기는 달라집니다.

술레이만은 그녀에게 빠져들었습니다. 별로 예쁘지는 않았지만 명랑하고 영리하고 사랑스러운 여자였답니다. 그러다보니 술탄은 늘 록셀란에게 붙어 지냈고 1년도 못 되어 셀림이라는 아들을 낳고 그 후에도 다섯이나 되는 아이들을 더 낳았습니다.

매주 금요일에는 반드시 첫째 부인과 지내야 하는 이슬람의 관습이 있었습니다. 술탄의 첫째 부인의 위치에 올라서고 싶은 록셀란은 우선 봄장미를 하렘에서 쫓아내야 했습니다. 봄장미의 처소로 찾아간 록셀란은 한바탕 격투를 벌인 뒤 얼굴의 상처를 이유로 술레이만의 부름에 응하지 않았습니다. 며칠이 지나도 꼼짝도 하지 않자 술레이만은 다시는 봄장미를 만나지 않겠다는 서약을 하고서야 록셀란을 만날 수 있었습니다. 물론 얼굴에 생긴 작은 상처는 흔적도 없이 사라진 록셀란을 말입니다. 그 뒤에 봄장미의 아들 무스타파가 성인이 되자 속국의 통치자로 파견합니다. 이때 아들의 어머니는 동행해야 하는 것이 투르크 궁정의 법도였습니다. 저절로 눈엣가시를 멀리 보낸 셈이 되었습니다.

록셀란을 '톱카프 궁전의 마녀' 라고 민중들은 불렀으나 술레이만의 사랑과 신뢰는 요지부동이었지요. 술탄은 6세기부터 정식으로 결혼을 해서는 안 되었습니다. 투르크 민족이 소아시아의 유랑민이던 시절에 적군에게 잡힌 술탄의 아내가 알몸으로 적장의 저녁식사 준비를 해야 했던 치욕이 있었기에 다시는 그런 사태가 발생하지 않게 하기 위해 정식 결혼을 금지했습니다.

정식으로 결혼하여 황후가 되고 싶었던 록셀란은 하렘의 여인들을 돈 많은 투르크인들과 차례차례 결혼시켜주었습니다. 그리고 술탄에게는 다른 여자들은 정식으로 결혼하는데 술탄의 사랑을 받는 자기는 노예 신분인 게 말이 되느냐고 대들었습니다. 결국 술레이만은 손을 들고 맙니다. 자신의 아들 셀림을 황제로 만들기 위해 무스타파를 반역죄를 씌워 죽이지요.

그렇지만 그녀는 5년 후에 세상을 뜹니다. 자신의 아들이 황제가 되는 것을 보지도 못하고 죽었습니다. 술레이만은 록셀란의 방을 폐쇄하고 아무와도 식사를 같이하려 하지 않았습니다.

정식으로 술탄과 결혼을 해서 황후의 지위에 오른 여자는 록셀란이 유일하였지만 하렘의 영향이 날로 강해져 오스만제국의 몰락에 일조를 하게 된 원인이 되기도 했습니다.

바람과 사막의 나라

시리아

알레포 성채의 웃는 사자, 우는 사자 / 노리아스의 도시, 하마
시리아의 로마 황후, 율리아 돔나 / 시리아 사막의 노마드, 베두인
팔미라는 사막의 신부 / 여자의 야심이 제노비아 정도라야
바그다드 카페는 사막의 쉼표 / 다마스쿠스, 그 오래됨만큼이나
다마스쿠스 검의 양날

SYRIA

Aleppo

알레포 성채의 웃는 사자, 우는 사자

안타키아를 출발한 지 2시간쯤 걸려 터키를 출국했다가 시리아에 입국한 것은 또 1시간이 지난 후였습니다.

'밥 알 화와' 국경 이름입니다. '바람이 통하는 문' 이라는 뜻입니다.

여기 화와에서 알레포까지는 1시간 정도 걸립니다. 시리아 평원을 달려갑니다. 터키 땅과는 다른 비옥한 황토빛 땅이 펼쳐졌습니다. 군데군데 무너진 흙벽돌집들도 보입니다.

시리아는 북쪽으로는 터키 고원과 남쪽으로는 아라비아반도가 만나는 완충지대에 위치했고 서쪽으로는 지중해에 접해 있습니다. 동서를 잇는 서아시아의 십자로에서도 중심에 있기 때문에 여러 민족의 침략을 받았으며 또한 여러 민족이 다채로운 역사를 만들어내기

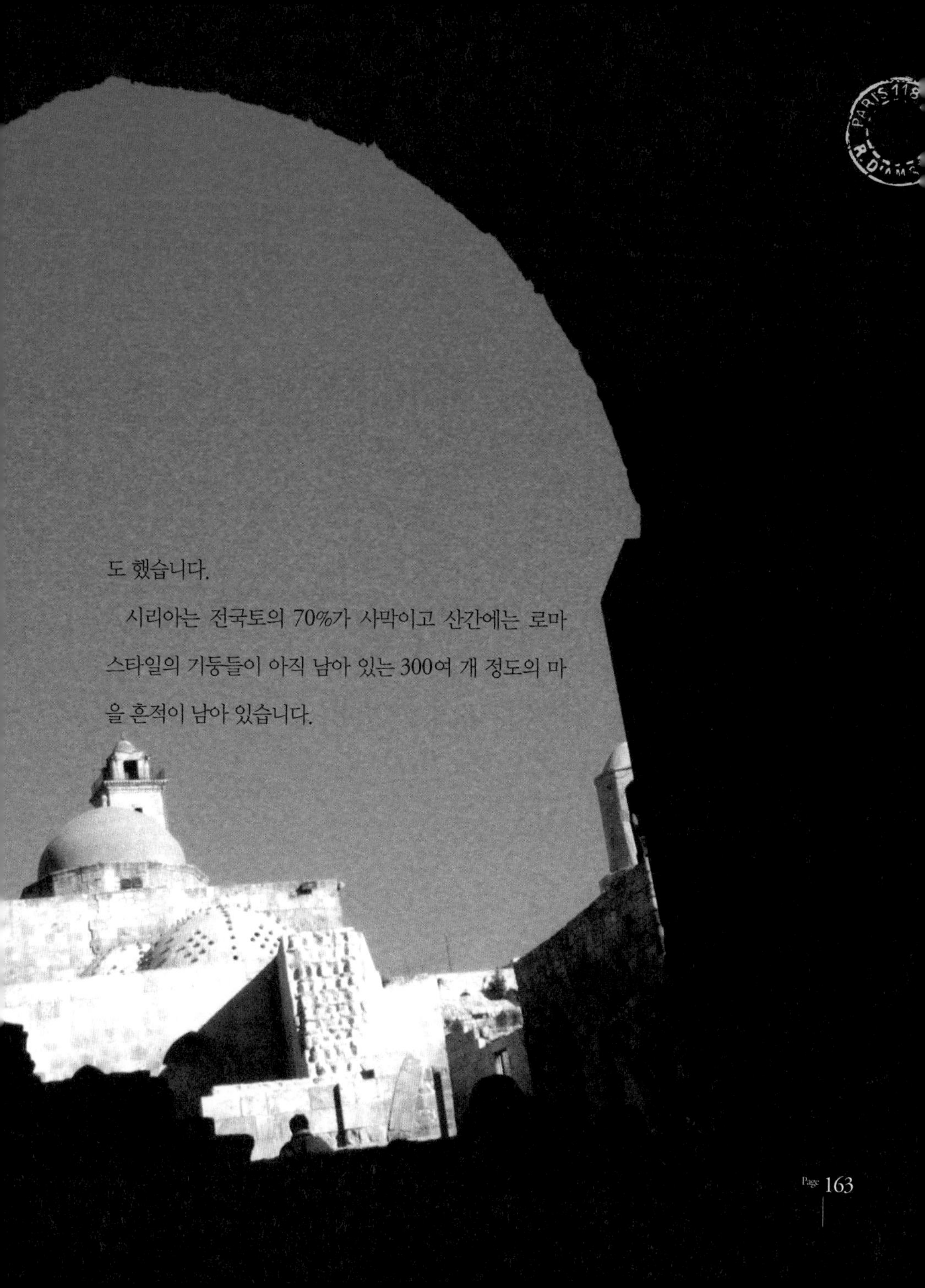

도 했습니다.

시리아는 전국토의 70%가 사막이고 산간에는 로마 스타일의 기둥들이 아직 남아 있는 300여 개 정도의 마을 흔적이 남아 있습니다.

다마스쿠스에 이어 두 번째로 큰 도시인 알레포는 4,000년 역사를 가진 고대도시로 유네스코 세계문화유산으로 등록되어 있습니다. 그리스, 로마, 페르시아, 비잔틴, 십자군, 몽골의 공격을 받으면서 파란만장한 역사를 가진 도시입니다.

알레포는 실크로드와 지중해를 잇는 교역지로서 번창한 도시 중 하나로 세계 각지의 상인들이 방문하였습니다. 시장이 발달하고, 실크로드의 휴식처인 캐러밴 사라이에 많은 상인들이 모여들었는데 알레포의 특산품 중 하나인 올리브 비누가 매우 높은 인기를 끌었다고 합니다. 알레포 비누는 중세의 귀부인과 고대 이집트인들도 애용했으며, 당시 유럽인들은 알레포 비누를 '신이 내려준 선물' 로 불렀다고 전해지고 있습니다.

알레포 중심가 언덕에 있는 거대한 요새 알레포 성채는 BC 16세기에 건설된 순수 아랍 성채입니다.

BC 10세기에 이르러 네오 히타이트인들이 이곳에 신전을 세우면서부터 알려지기 시작했습니다. 헬레니즘 통치를 거쳐 1269년과 1400년 몽골군이 침략했을 때에는 궁전

과 요새로 사용하였습니다. 몽골의 티무르는 이곳을 함락하고 퇴각할 때 성채를 불태워 버리기도 했습니다. 지금의 성채의 구조와 디자인은 살라딘의 아들이었던 가하지가 만든 것입니다. 시내보다 50미터 위에 있는 알레포 성채는 멀리서 봐도 당당합니다.

알레포 성문 앞에는 넓은 광장이 있었고 그곳에는 많은 아이들이 놀고 있습니다. 노천카페에서 사람들이 차를 마시고 있는 평화로운 광경을 보았습니다. 7개의 무지개다리가 놓인 해자는 깊이가 20미터, 폭은 30미터였습니다. 물이 말라버린 건조한 구덩이였지만 그 규모는 충분히 짐작할 수 있습니다.

외문을 지나고 다시 내문을 통과하여 왼쪽으로 꺾어진 곳에 아랍 군대의 건축물 형태인 성문이 떡 버티고 있습니다. 육중한 나무문 위에 철판으로 무늬를 만들어 붙였습니다. 그리고 그 위의 문설주에는 네 마리의 뱀이 서로를 물고 물리는 형상으로 조각되어 있습니다. 적이 그 모습을 보면 일단은 흠칫 했을 것을 기대했겠지만 지금의 눈으로 보니 어설퍼 보입니다.

어두컴컴한 주랑을 조금 걷다가 성 밖으로 나가는 문 위를 보니 두 마리의 사자가 내려다보고 있습니다. 하나는 웃는 모습이고 하나는 우는 모습의 사자 머리입니다. 내가 보기에는 거의 두 사자의 표정이 같아 보였지만 현무암 벽돌에 조각된 두 사자 머리는 BC 10세기께의 히타이트 사원의 일부였습니다. 성채를 개축할 당시에 그것을 그대로 두고 공사를 했던 것입니다.

총을 내놓고 쏠 수 있는 총안을 설치한 성벽이 둘러싸여 있고 가파른 성의 외벽에 탑들이 세워져 있으며 탑의 주변에는 잔해가 뒹굴고 있습니다. 끓는 기름을 적에게 부을 수 있는 구멍도 나 있습니다. 성 안에는 배수로가 나 있고 미끄러짐을 방지하기 위한 홈도 파여 있습니다.

오른쪽으로 13세기에 건설된 왕궁이 자리하고 있습니다. 많은 부분이 복구되었고 모스크, 하맘목욕탕 등 많은 시설이 남아 있습니다. 대리석에 무늬를 새긴 벌집 모양의 현관부터 다채색의 기둥, 통풍 및 환기, 조명 시설까지 고려하여 만들어 놓았습니다.

15~16세기 맘루크 시대에 만들어진 왕좌도 세련되게 복구되었고 원형극장도 복원되어 있습니다. 완만한 경사의 원형극장의 관람석은 인위적인 느낌이 들었습니다.

페르시아의 군대가 알레포에 도착하여 이 성벽을 바라보았을 때 속수무책이라고 생각했을 겁니다. 도저히 접근할 수 없는 방어벽에 고민하던 페르시아군은 한 가지 묘책을 짜냅니다. 그것은 군사들에게 염소 가죽을 씌워 염소로 위장하여 성벽을 통과하게 하여 성문을 열었다고 합니다.

이후에도 비잔틴제국이 여러 번의 공략을 시도하지만 번번이 실패하게 되자 비잔틴 황제는 1만 2천 명의 알레포 포로들을 성벽 앞에서 잔인하게 살해하기도 했습니다.

십자군전쟁 동안에도 알레포 성채는 함락되지 않았습니다.

그러나 1259년 알레포에 들어온 몽골족에 의해 성벽과 내부가 파괴되었는데 뒤따라 침략한 부족에 의해 무참하게 파괴되고 말았습니다.

이후 오스만제국이 들어서면서부터 이 성채는 군사적인 용도가 아닌 그저 허물어진 성채로 남겨 지게 되었습니다. 그러나 1828년에 일어난 지진으로 알레포 성채는 약간의 외곽 성벽을 남겨 놓고 모두 무너지게 되었습니다.

가장 꼭대기에 세워진 이브라힘 모스크로 올라갔습니다. 높이가 21미터에 이르는 미흐렙이 있고 이곳의 옥상에 올라가니 알레포 시가가 한눈에 내려다보입니다.

알레포는 한 마디로 말하자면 잿빛 도시입니다. 하늘은 맑은 파란 색이지만 도시 위로 스모그가 회색 띠로 둘러져 있고 건물들은 모두 회색입니다. 콘크리트 그대로의 색입니다. 페인트칠을 하지 못하는 이유가 우기인 겨울에는 강풍을 동반한 서풍이 불고 캅신이라는 동풍이 일 년 중에 50여 일 정도 불어서 항상 먼지가 날리는 셈이기에 칠을 하나마나라고 합니다.

사람들조차 남자들은 검은 가죽 잠바를 입거나 무채색의 아바야머리와 손을 제외한 모든 신체를 가리는 긴 외투를 입고 있습니다. 아이들을 제외하고는 여자들도 물론 히잡을 쓰거나 부르카를 머리끝부터 발끝까지 뒤집어쓰고 있으니 더욱 우중충하지요. 유채색이라고는 거리의 간판이나 자동차 정도였습니다. 그들에게 이 나라의 추위와 더위를 막는 데는 이런 복장이 유리했겠지요. 이슬람이 출현하기 이전부터 그들의 의상은 이랬다고 합니다.

알레포 성채의 우는 사자와 웃는 사자의 머리는 지금 생각해봐도 모호합니다. 어느 것이 우는 사자인지 어느 것이 웃는 사자인지 도무지 알 수 없습니다.

두 사진을 놓고 비교해 보아도 알 수 없습니다.

숱한 민족들이 침략을 하고 융화되어 살아오면서 알레포는 그 유구한 역사의 아픔과 영광만큼이나 아리송한 표정의 사자를 남겼는지 모릅니다.

Hama

노리아스의 도시, 하마

알레포를 떠나 정남쪽으로 달립니다. 하마를 향해 갑니다. 끝없는 밀밭이지만 우기가 본격적으로 시작되기 전인 1월은 황량한 벌판으로만 보입니다. 푸른 잡초가 돋아 있기도 하고 황토가 그대로 드러난 밭도 많이 있습니다.

시리아의 중부 도시인 하마에 오니 유채색도 보이고 도시다운 느낌이 납니다. 사람들의 표정과 의상도 활기차 보입니다. 거리의 유칼립투스도 푸릅니다. 시리아 소나무, 종려나무도 있습니다.

도시 안에는 서쪽으로 흘러 안타키아를 거쳐 지중해로 들어가는 오론테스 강이 흐릅니다.

따스한 겨울햇살이 내리쬐는 하마는 무척 여유가 있어 보였습니다. 하마의 중심부를 흐르는 오론테스 강은 그렇게 넓어 보이지도 않았고 수량도 많아 보이지 않았습니다. 아마 오론테스 강이 시작되는 곳에 위치 하고 있고 건기이기 때문이기도 하겠지만요.

동서고금을 막론하고 물을 확보하는 것은 생존에 관계된 가장 중요한 일이었습니다. 그래서 고대에는 물을 도시로 끌어오기 위해 지하수로를 만들기도 하고 로마의 수도교처럼 공중에 수로를 건설하기도 했고 이곳처럼 수차를 이용하기도 했습니다.

오론테스 강가의 수차는 관개용으로 사용되었는데 겨울인 지금은 수차가 돌지 않지만 여름에는 흐르는 물이 수차를 돌리고, 수차는 물을 담아 돌로 만든 높은 로마식 수로에 쏟아 놓습니다.

처음에는 십자 형태의 수차를 사용하다가 점차 현재의 모양의 수차로 발전되었습니다. 이 수차의 지름은 큰 것이 30미터 정도에 달하는 큰 것도 있으며 물을 끌어 나르는 톱니는 50개에서 150개 정도가 있으며 이 수차를 지탱하기 위한 빔 기둥이 36개까지 이른다고 합니다.

시리아에서 이 물레방아처럼 생긴 수차를 부르는 말은 '노리아스' 입니다. 수차가 느리게 돌면서 "노리아, 노리아"하며 삐거덕거리는 의성어에서 연유하였다고 합니다. 전문가에 의하면 이 수차가 삐거덕거리는 소리가 120개에서 170개의 음계가 나온다고 하니 별 걸 다 연구하는 게 전문가인 모양입니다.

서아시아의 도시들이 대개 그러하듯이 이곳 하마도 많은 아픔을 간직한 곳입니다.

이집트 람세스 2세와 히타이트제국의 치열했던 카데시 전투도 오론테스 강을 중심으로 장기간 전쟁을 벌였고 아시리아제국 때에는 반란을 일으켰다가 잔인하게 점령을 당해 많은 주민들이 포로로 끌려가기도 했습니다. 그 뒤로도 십자군이 끊임없이 이곳을 점령하기 위해 침략했습니다.

최근의 1982년에 일어난 종교적인 민중시위로 정부군에 의해 주민 약 2,500명이 몰살당하는 슬픈 역사도 있습니다.

하지만 내가 본 하마는 평화롭고 여유 있어 보였습니다. 노리아스 부근의 공원과 노점상들이 그러했습니다. 물담배를 파는 상인, 그리고 여러 가지 잡화, 견과류를 하나씩 상자에 담아 파는 상인들에게서 옛 상처는 전혀 보이지 않았습니다.

내 눈에는 강처럼 보이지 않고 작은 하천처럼 보였던 오론테스 강이 넓어 보이기까지 합니다.그리고 스치는 가족들의 평화로운 모습이 현재였습니다.

시리아의 로마 황후, 율리아 돔나

하마를 떠나 정남쪽으로 홈스를 향해 갑니다. 홈스는 우리나라의 대전쯤 해당된다고 할까요. 에메사라는 이름의 고대도시였던 홈스는 배낭여행객들조차도 유적을 찾지 못한다고 할 정도로 유적이 남아 있지 않습니다. 그러나 홈스 출신의 율리아 돔나는 아직도 홈스하면 떠오르게 됩니다.

태양신 엘라가발루스를 섬기는 신관의 딸이었던 율리아 돔나는 시리아 지역을 다스리던 셉티미우스 세베루스와 결혼하게 됩니다.

첫 아내가 사망했던 세베루스는 점성술을 매우 신봉하였는데 별을 관찰하던 세베루스는 별똥별이 에메사에 떨어지는 것을 보았습니다. 별똥별이 떨어진 곳이 바로 율리아 돔나가 살고 있던 태양신의 신전이었던 것입니다. 거기에서 아름다운 미모와 판단력, 지혜를 지닌 율리아 돔나를 보자 별똥별이 자신에게 정해준 신부감이라 생각하고 결혼했습니다.

또 다른 이야기로는 깁본이라는 점쟁이가 율리아 돔나에게 예언을 했는데 그 예언의 내용은 "그녀는 모든 별들의 희망이다" 였다고 합니다. 다시 말해 율리아 돔나와 결혼하는 자는 반드시 황제가 되리라는 점괘입니다. 이 점괘를 전해들은 세베루스가 청혼을 했다는 이야기입니다.

세베루스가 황제가 되자 율리아 돔나는 남편을 따라 동행하며 여러 분야에서 후원자가 되었고 정무도 처리했습니다. 그녀는 철학과 종교에 열중하였고 궁정에는 철학자와 점성술사 등이 출입하여 토론에 열을 올렸습니다. 늘 남편을 돌보아야 했으므로 전선에도 따라갔습니다. 그래서 로마는 그녀를 '군대의 어머니' 혹은 '원로원의 어머니' 라고 불렀습니다.

세베루스 황제가 병사하고 장남 바시아누스가 제위에 올랐습니다. 차남 게타도 공동 제위에 올랐습니다. 그러나 둘의 갈등은 궁전까지 양분할 정도로 심각했습니다. 바시아누스는 자신의 아우를 쉽게 제거할 수 없다는 사실을 알았습니다. 게타는 항상 호위병들의 보호를 받고 있었습니다.

AD 212년 2월의 어느 날 바시아누스는 어머니 율리아 돔나를 찾아가서 게타와 화해하고 싶다며 아우를 불러달라고 청했습니다. 바시아누스는 형으로서 동생에게 먼저 화해의 손을 내밀고 싶다고 말했습니다.

이번만은 게타가 형의 말을 믿었습니다. 그는 호위병을 물러나게 하고 혼자 어머니에게 갔습니다. 그러나 이것은 죽음으로 향하는 길이었습니다. 어머니와 함께 있는 게타를 향해 매복하고 있던 바시아누스의 군사가 칼을 뽑고 방 안으로 쳐들어왔습니다.

게타는 어머니에게 달려가 목에 매달리며

"어머니, 어머니, 절 죽이려고 해요!" 라고 울부짖었습니다. 그녀는 본능적으로 아들을 품에 안고 보호해주려고 했습니다. 그러나 그들은 공격을 가했고 율리아 돔나까지 팔에 상처를 입혔습니다. 게타는 어머니의 무릎에 안긴 채 쓰러져 죽었습니다. 율리아 돔나의 옷은 아들의 피로 물들었습니다.

겨우 22살에 게타는 죽었습니다. 그 순간부터 율리아 돔나는 우는 것이 금지되었습니다. 바시아누스는 어머니를 밤낮으로 감시하게 했습니다. 안색의 변화조차 허용하지 않았습니다. 그는 어머니에게 마치 굉장한 행운이라도 만난 것처럼 웃으라고 강요했습니다. 일거수일투족이 보고되었기 때문에 율리아 돔나는 혼자 있으면서도 아들의 죽음을 슬퍼할 수 없었습니다.

잔인하고 포악한 황제로 알려진 바시아누스의 예측할 수 없는 행동 때문에 황실근위대장이며 그의 후계자인 마크리누스가 그를 제거하려는 음모를 꾸미게 됩니다.

바시아누스는 파르티아인을 상대로 벌인 두 번째 원정 초기에 암살되었습니다.

경호대장이 아무도 없는 작은 신전 안에서 기도를 드리는 바시아누스의 등에 칼을 꽂았습니다. 밖에서 기다리고 있던 호위병들도 외침소리를 듣자마자 안으로 달려들어가 다친 황제를 보살피는 체하면서 갑옷을 벗기고 바시아누스의 가슴에 모두 칼을 꽂았습니다. 호위병들은 피투성이가 된 시신을 양쪽에서 어깨에 메고, 앞장선 경호대장을 따라 로마 가도로 돌아왔습니다. 거기에는 근위대장인 마크리누스가 기다리고 있었습니다.

바시아누스는 29세가 되자마자 살해된 셈입니다. 바시아누스가 죽은 뒤 마크리누스가 황제에 취임할 때까지 사흘밖에 걸리지 않았습니다. 바시아누스의 시신은 그 자리에서 로마식으로 화장되어 유골만 안티오키아로 보내졌습니다.

안티오키아에 있던 어머니 율리아 돔나는 아무 말도 하지 않고 자결을 택했습니다.

세베루스 황제의 아내였던 이 여인은 둘째 아들 게타의 죽음은 견딜 수 있었지만, 맏아들 바시아누스카라칼라의 죽음까지는 견딜 수 없었던 것입니다.

"곰곰이 생각해보면 세상에 태어난 천재들은 특별한 자손을 남기지 않았다. 역사 속의 위대한 사람들은 대부분 아들이 없거나 인류에 전혀 도움이 되지 않은 백해무익한 자손만 남겼을 뿐이다."

로마의 역사가 아일리우스 스파르티아누스는 이렇게 말했습니다.

그는 셉티미우스 세베루스 황제의 경우 그의 아들인 바시아누스가 차라리 태어나지 말았어야 했다고 덧붙이고 있습니다.

바시아누스는 덥거나 추워서 몸이 조금이라도 불편해지면 참지 못했습니다. 그래서 무거운 갑옷 대신 갑옷처럼 생긴 가벼운 옷을 입었습니다. 이 가짜 갑옷 위에는 붉은색 외투를 입었습니다. 이 옷은 보통 로마인들의 외투처럼 하나의 천으로 만든 것이 아니라 여러 개의 천 조각을 이어 발꿈치까지 오게 한 긴 외투였습니다. 이것은 아마도 '역사상 최고의 현대식 코트'였을 것입니다. 카라칼루스라는 이 옷의 이름에서 황제의 이름 카라칼라가 만들어졌습니다. 황제의 군인들 역시 같은 형태의 외투를 입어야만 했습니다.

시리아 사막의 노마드, 베두인

홈스에서 이제 방향은 정동 방향으로 나갑니다. 시리아 사막의 가운데에 있는 팔미라를 만나기 위해 달려갑니다.

홈스를 벗어나자마자 넓은 평원처럼 사막이 펼쳐져 있습니다. 도시 주변에는 조림을 해놓은 소나무와 올리브나무, 향나무, 파스타치오 나무들이 줄지어 서 있었습니다. 모두 동쪽을 향해 누워 있는 듯서 있습니다. 일부러 그렇게 심은 듯 서 있습니다. 지중해에서 불어오는 서풍이 도저히 나무들을 똑바로 서지 못하게 했다는군요. 작정하고 심은 듯 꽤 많은 거리를 줄지어 심어놓은 나무들을 보며 달립니다.

시리아 사막도 역시 모래 사구가 거의 보이지 않는 주황빛 모래흙입니다. 자갈도 보이고 저만치 낮은 구릉도 있습니다. 본격적으로 사

막에 들어서자 2차선의 자동차 도로와 나란히 전봇대가 외줄기 실타래를 힘겹게 잡아주듯 전깃줄을 잡고 따라오고 있습니다.

사우디아라비아 북부 대부분의 지역, 요르단 동부, 시리아 남부, 이라크 서부 등 아라비아 반도 북쪽으로 펼쳐져 있는 시리아 사막은 사막 기후의 전형으로 연평균 강우량은 125mm 미만으로 건조 또는 스텝기후 지역입니다.

차가운 바람이 사막을 헤매는 게 차창 밖으로도 완연하게 보였습니다. 그 귀하다는 사막의 눈이라도 내렸는지 땅 표면의 울퉁불퉁한 면을 따라 눈이 쌓여 있는 게 보였습니다.

사막은 겨울입니다.

달려가는 자동차에서 스치듯이 바라본 시리아 사막은 마치 달 표면의 거친 부분인 것처럼 보였습니다. 월면의 정지가 거기 있습니다. 바람은 강하게 불어 표면 위에 간신히 붙어 있는 마른 풀을 훑어보지만 그것조차도 정지 화면처럼 보였습니다.

거기에 정지된 채로 수천 년 동안 꼼짝하지 않은 것 같은 한 나절을 버스는 통과해 갔습니다.

버스의 진동에 지친 몸을 맡기다보니 머릿속의 모든 생각들도 진동으로 다가왔습니다. 아시아의 서쪽 끝에서 또 다른 아시아의 동쪽 끝에 있는 내 나라도 진동으로 다가왔습니다. 가족과 마치지 못한 일과 만나지 못한 사람들이 끝없이 진동으로 밀려왔다가 밀려갔습니다.

시리아 사막에 비가 내리면 사막은 아주 잠깐 동안 초록을 입게 되고 사막에 빨간 색의 아네모네가 피어난답니다.

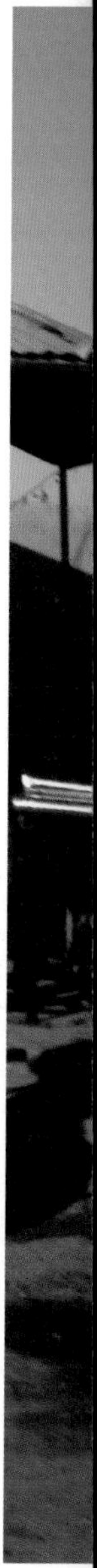

지중해 연안이 원산지인 시리아의 국화, 아네모네가 핀다면 환상의 길이겠지요. 성경에서 말하는 '들에 핀 백합화' 는 이 아네모네를 말하지요. 우리나라에서 말하는 개양귀비꽃과 비슷하지요. 봄에 시리아나 레바논, 이스라엘의 광야에 피는 아네모네는 너무 아름다워 단연 돋보이는 꽃입니다. 솔로몬 왕이 입은 옷솔로몬의 영광보다 아름다운 꽃을 보지 못하다니 섭섭했습니다.

잊은 듯 가다보면 베두인의 천막이 나타납니다. 천막 앞까지는 차바퀴 자국이 나 있고 짐승들 우리로 쓰이는 천막 옆에는 빨래들이 깃발처럼 나부끼고 있었습니다. 드문드문 양떼도 보이고 양치기 소년은 손을 흔들어 줍니다. 마른 흙만 바람에 날리는 황량한 벌판에서 양들이 먹는 것은 사막에서만 자라는 쑥색의 '칙' 이라는 가시 돋은 풀입니다. 마른 채로 붙어 있는 그 풀들을 뜯으며 양떼는 겨울을 납니다.

흔히 사막이라고 하면 모래사막을 떠올리지만 시리아에는 모래사막이 없습니다. 아랍어로는 모래사막을 사하라라고 합니다. 시리아에는 아랍어로 바다이Badawi라고 하는 우리가 '광야' 라고 부르는 사막만이 존재합니다.

베두인의 어원은 바다이Badawi라고 하는 사막에서 나왔습니다. 이것을 영어식으로 고쳐진 것이 사막에 사는 사람들이란 뜻의 '베두인' 이 된 것입니다.

베두인 아랍인들의 원래 고향은 아라비안 사막이지만, 일부 베두인 종족들은 북쪽으로 이동하였습니다. 시리아는 베두인족들이 처음 살았던 지역 중의 하나이며 오늘날에는 1백만 명 이상의 베두인들이 시리아 사막 북부에 살고 있습니다. 이들의 대부분은 양과 염소를 치는 목자들입니다. 또 다른 베두인은 사막의 가장자리에서 농사를 짓는 정착생활을 하는 부류입니다.

베두인은 불모의 사막을 가로지르는 여행 동안 그들의 길을 지나가는 캐러밴들을 습격하는 것으로 알려져 있습니다.

유목민들은 영구적인 집을 소유하지 않고, 염소 털로 짠 이동이 가능한 검은 텐트에서 생활합니다. 염소 털은 추울 때 수축을 하여 바람이 안 통하게 하고 더울 때는 이완을 해서 바람을 잘 통하게 해줍니다. 그들의 주요 재산은 텐트이며 그들의 유랑생활에서 동물들은 매우 중요한 역할을 합니다. 양과 염소가 사고팔기 위한 것인 반면, 낙타는 기본적인 교통수단입니다. 색깔로 구별하기 힘든 양과 염소를 구별하는 쉬운 방법은 꼬리가 올라갔으면 염소이고 내려갔으면 양입니다.

시리아에 거주하는 베두인의 거의 100%가 수니파 무슬림입니다. 이슬람교는 베두인의 생활에 상당히 많은 영향을 미치고 있습니다. 예를 들면 그들의 종족을 보존하기 위하여 베두인은 동족 내의 결혼만 허락합니다.

어느 한 사람이 베두인의 천막에서 너무 융숭한 대접을 받고 감격하여

"왜, 지나가는 나그네만 보면 이렇게 환대하느냐?" 라고 묻자,

"오늘은 당신이 나그네지만, 내일은 내가 나그네가 되어 당신의 텐트 속에서 대접받을지 누가 알겠는가?" 라고 대답했다고 하는 데 이건 베두인의 관습입니다.

1만 년 전 인류는 모두 유목민이었습니다. 목초지를 찾아 이동하면서 떠돌이로 살았습니다. 농경이 시작된 뒤 정착민에게 유목은 잊어버린 습성이 되어 버렸습니다. 그러나 21세기가 열리면서 인류는 떠돌이의 자유와 불안을 다시 경험하고 있습니다. 노트북과 휴대폰으로 언제 어디서든 외부와 접속하며 이동하고, 일정한 직장과 주소에 얽매이지 않는 디지털 유목민이 등장했습니다.

유목, 혹은 유목적Nomadic 행동에서 따온 노마드족은 단순한 이동의 자유를 넘어 삶과 사유의 지평에서 역동성과 개방성을 지향합니다.

유사 이래 영원한 노마드였던 베두인의 삶 속에서 오늘을 살아가는 지혜를 배워야 하는지 모르겠습니다.

Palmyra

팔미라는 사막의 신부

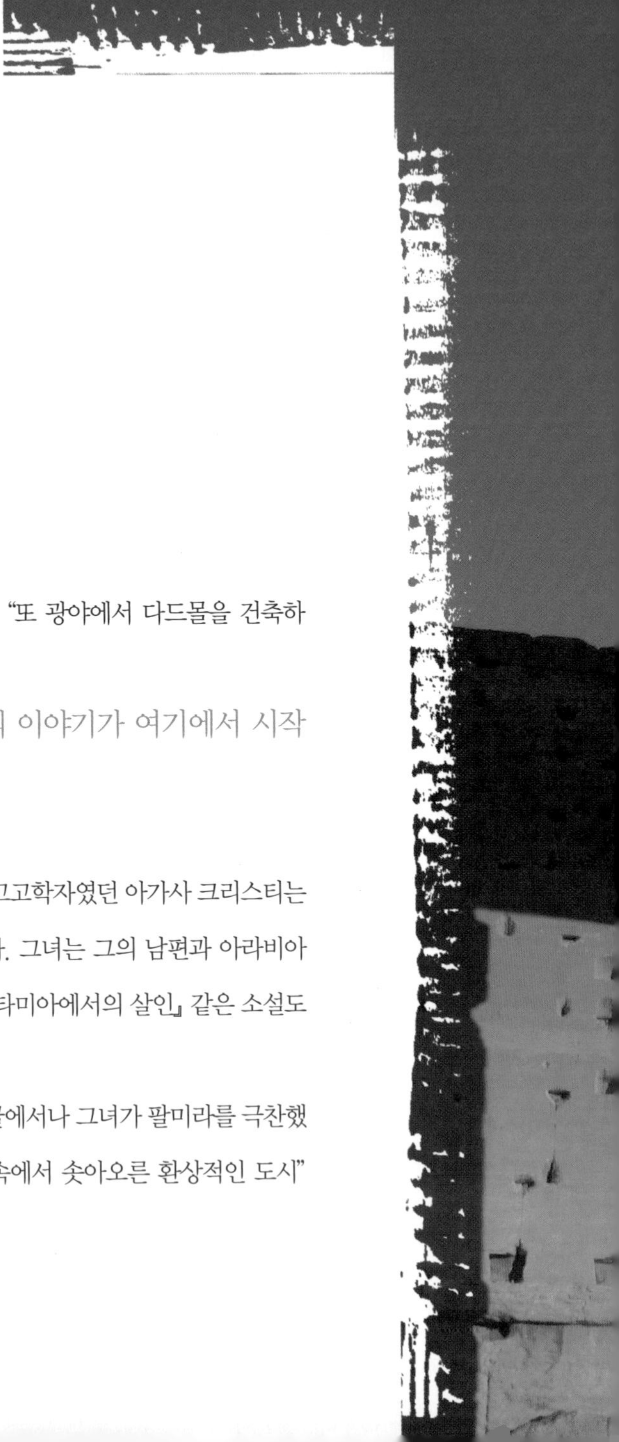

성경 역대하 8장 4절에 솔로몬이 "또 광야에서 다드몰을 건축하고…"란 구절이 나옵니다.

다드몰, 즉 지금의 팔미라의 이야기가 여기에서 시작됩니다.

열네 살이나 연하인 둘째 남편이 고고학자였던 아가사 크리스티는 모슬니느웨에서 살았던 적이 있습니다. 그녀는 그의 남편과 아라비아와 시리아 유적을 탐험했고 『메소포타미아에서의 살인』 같은 소설도 썼습니다.

그래서 팔미라를 소개하는 어떤 글에서나 그녀가 팔미라를 극찬했던 "뜨거운 모래사막 한가운데 땅 속에서 솟아오른 환상적인 도시"

라는 구절을 말하게 합니다. 팔미라는 유프라테스 강과 다마스쿠스 사이의 광대한 시리아 사막지대 안에 있는 오아시스 지역으로 BC 2000년께부터 도시로 발달했으며, 오늘날에도 이곳의 에프카 샘에서는 수량이 풍부한 맑은 물이 나오고, 종려야자와 대추야자 나무들이 큰 숲을 이뤄 주변의 사막과 대조되는 녹색 풍경을 이루고 있습니다.

중국에서 이스탄불로 가는 오아시스 루트의 중요한 거점 도시였으며 중국의 비단이 발견되어 팔미라가 실크로드의 중요한 루트라는 것이 증명되었다고 합니다.

오늘날 이곳에서 발굴된 유적들을 살펴보면 대부분이 1~3세기에 건축된 전형적인 로마식이나 팔미라는 팔미라 특유의 문명과 로마의 건축문명이 만나 이룬 독특한 문명이라고 합니다. 즉 로마인이 건설한 도시가 아니라 팔미라 사람들이 건설한 로마식 도시입니다.

시리아 사막을 달리고 달려 해질녘에야 몇 개의 돌기둥이 보이는 팔미라에 다가갔습니다. 해는 더욱 서산으로 기울어져 저물기 전에 팔미라를 볼 수 있을지 걱정이 되었습니다.

우리는 우선 제노비아가 지었다는 벨 신전으로 갔습니다. 팔미라 유적 중에 유일하게 입장료를 내야 하는 곳이라 했습니다. 벨 신전은 보존 상태도 좋고 그 웅장한 모습에 감동한 몇 사람은 파르테논 신전보다 더 감동적이라고 말하기까지 했습니다.

AD 32년에 셈족의 신전으로 지어진 것입니다. 신전 벽에는 희미하게 테라코타 그림이 남아 있습니다. 그리고 아치를 만들려고 했는지 벽에 아치의 선을 새겨놓은 것도 있었습니다. 이것은 비잔틴 시대 때 교회로 사용하면서 생긴 흔적입니다. 그런가 하면 또 한 쪽 벽에는 아치를 안으로 새겨 들어간 듯 움푹 패여 들어간 미흐라브가 있습니다. 이것은 이슬람 사원으로 사용한 흔적입니다. 자신들과 섬기는 신이 다를 망정 신전을 헐지 않고 자신들에게 맞게 고쳐 사용한 지혜가 돋보입니다.

신전의 벽은 돌들을 채곡채곡 쌓아올렸는데, 그 돌들이 만나는 모서리마다 무언가 빠져 있는 것처럼 구멍이 뚫려 있었습니다. 원래 이렇게 돌을 쌓아올릴 때 지진에 대비하

여 돌들을 철로 이었다고 하는데, 오스만투르크 시절 전쟁이 발발하자 철이 귀해지면서 주민들이 이를 빼어 내다팔아 이렇게 구멍이 흉물스럽게 뚫려 있다는 것입니다.

넓은 마당 안쪽에 가장 신성한 장소인 신전cellar이 있는데 이곳에서 셈족의 태양신에게 제사를 지냈다고 합니다. 신전 앞쪽에 거대한 문이 있고 주위로 코린트 양식의 기둥이 세워져 있는데 현재 건물의 뒤쪽에만 남아 있습니다. 건물 앞에는 제사를 위한 제단과 식을 진행하던 성직자가 몸을 깨끗이 하도록 물을 받아둔 웅덩이가 남아 있습니다.

벨 신전에서 관람하는 동안 해는 더욱 서산으로 기울어져 햇살이 거의 수평으로 신전의 기둥들과 무너진 돌더미에 붉은 빛을 보내주었습니다. 돌더미와 신전 기둥의 그림자는 사막 쪽으로 길게 늘어지고 있습니다.

점점 더 장미빛으로 물들어 갔습니다. 누군가의 여행기에 팔미라에서의 일출과 일몰은 환상이라고 했습니다. 사막의 뜨거운 대낮에 돌아다녀 보았자 덥고 짜증만 날 뿐 별로 감동이 없지만 해돋이 무렵과 해넘이 무렵의 시시각각으로 변하는 유적들의 모습은 사막의 황량함과 대추야자와 어울려 꼭 빠져 죽을 것 같은 환상이라고 했습니다.

벨 신전에서 나와 아스팔트 길을 건너면 바로 열주대로의 시작입니다.

1km가 넘는 열주대로의 입구에는 하드리아누스 개선문이 있습니다. AD 129년 팔미라를 방문한 하드리아누스는 팔미라에 매혹되어 팔미라를 자유시로 선언하고 세금을 깎아줍니다. 도시의 이름도 '팔미라 하드리아나' 로 부르게 합니다.

AD 270년 팔미라의 아데나투스 2세와 부인 제노비아가 이집트와 아나톨리아 지역을 대부분 정복하여 로마로부터의 독립을 선포했으며, AD 272년 아우렐리아누스 황제

가 팔미라를 정복하고 파괴하였습니다.

팔미라는 272년 이곳을 지배하던 제노비아 여왕이 아우렐리우스에게 패배한 후 역사 속에서 사라졌습니다. 16만 평에 달하는 거대한 유적이 세계사에서 자취를 감춘 것은 11세기였습니다. 이 지역을 강타한 지진으로 완전히 매몰돼 버린 것입니다.

솔로몬이 말했던 것처럼 "이 세상의 영광이 아무리 크고 화려할지라도 하루 아침에 사라지는 아침 안개와 같은 것이다"라는 걸 증명해주는 팔미라의 모습이었습니다.

여자의 야심이 제노비아 정도라야

팔미라의 멸망을 이야기하자면 제노비아를 말하지 않을 수 없습니다.

그녀의 아버지는 아라비아의 집시이고 어머니는 이집트 사람으로, 아버지로부터는 아랍인 특유의 청갈색 피부를 받았고, 어머니를 닮아 이집트 사람의 새까만 눈동자가 매력적이었다고 합니다.

제노비아는 미모뿐 아니라 낙타를 모는 기술이 어떤 남자들보다 뛰어나서 어린 나이에 아버지를 대신해 집시 부족의 지도자가 되었습니다.

그 당시 팔미라는 교역 중간지로 크게 번성하고 있었으며 아름답고 웅장하기로 세계에서 손꼽히는 융성한 도시였습니다. 그러자 로마는 군대를 파견해 팔미라를 로마제국의 영토로 삼아 버립니다.

그때부터 팔미라의 자유를 꿈꾸는 독립투사들이 생겨나는데 시리아 출신의 로마 시민권자로 팔미라를 통치하고 있었던 오데나투스라는 젊은 아랍 귀족도 그 중의 한 사람이었습니다.

오데나투스가 어느 날 사막에서 너무 능숙하게 낙타를 모는 사람을 발견하고 다가가 보니 그 사람은 바로 제노비아였습니다. 둘은 첫 만남에서 사랑을 느꼈고 곧바로 결혼을 하게 됩니다. 그녀는 남편을 도와 페르시아군을 대파합니다. 그러자 시리아 사막 인근의 나라들이 줄지어 팔미라에 편입을 요청하여 그 지역에서 유례를 찾아 볼 수 없는 강국으로 떠오르게 됩니다.

결혼한 지 9년, 27세가 되었을 때 오데나투스가 암살당하게 됩니다. 많은 사가들은 제노비아를 의심합니다. 남편을 죽였을 거라고요.

오데나투스가 죽자 제노비아는 자신의 야심을 드러내기 시작합니다.

269년 제노비아는 이집트를 점령해 버립니다.

그리하여 제노비아는 이집트 여왕이 됐으며 '전사 여왕' 이라는 별명을 얻게 되었습니다. 실제로 그녀는 양날 검을 쳐들고 군대의 선두에서 돌격했고 보병과 행군도 마다하지 않았습니다. 진격은 팔레스타인, 레바논, 소아시아까지 이어졌습니다. 로마제국 동방 전체가 한 여인의 수중에 떨어진 것입니다. 팔미라는 그야말로 제국이 되었습니다.

272년 자신의 아들을 아우구스투스, 자신은 아우구스타라고 부르게 했습니다. 아우구스투스는 로마황제를 부르는 존칭이었으니 로마가 화가 나지 않을 수 없었을 것입니다. 이에 로마황제 아우렐리아누스는 군단을 이끌고 팔미라 군대를 차례로 격파해 나갔습니다. 결국 제노비아의 군대는 팔미라에서 끝내 패하고 맙니다. 여왕은 아들과 낙타를 타고 동쪽으로 도망쳤지만 유프라테스 강에서 로마 기병에게 붙잡히고 말았습니다.

잡히고 난 다음의 이야기는 몇 가지 설로 나타납니다.

274년 로마에서 아우렐리아누스 황제의 개선식이 화려하게 열렸을 때 제노비아 여왕이 황금 체인에 목이 묶여 등장했습니다. 개선식이 끝나면 적장은 처형하는 것이 관례였는데 아우렐리아누스는 그녀를 풀어주었다는 설이 있습니다.

아우렐리아누스는 여왕을 로마 교외 티볼리의 우아한 별장에서 살게 했으며 제노비아는 로마에서 사교계의 명사로 변신해 멋지게 살았다고 합니다.

또 다른 이야기로는 팔미라가 모조리 파괴되었다는 소식에 충격을 받아 단식 끝에 숨졌다고도 합니다. 또 로마황제가 개선 행진할 때 그녀를 전차 뒤에 묶어 끌고 다녔다고도 하고, 나중에 로마의 용서를 받고 로마 귀족과 결혼하여 잘 살았다는 이야기도 있습니다.

자신의 남편을 암살했을지도 모른다는 설이 있을 정도로 대가 센 제노비아였다면 아무래도 단식 끝에 숨졌다고 하는 것이 가장 그녀다운 최후가 아닐까요?

시리아가 프랑스 통치 아래 있을 때 팔미라에는 프랑스 외인부대가 주둔하고 있었습니다. 부대원들의 말에 따르면 시리아인들이 날이 저물면 팔미라의 폐허 근처에는 아예 가지 않았다고 합니다.

그것은 제노비아가 황금투구를 쓰고 낙타 등에 올라 창을 들고 그 검은 눈동자를 부릅뜨고 성벽을 에워싼 로마군을 물리쳐 달라고 간청한다는 전설 때문이라는 데 현재에도 시리아인은 그녀를 만나는 것이 두려워 해가 지고 난 후의 팔미라에는 가지 않는다고 하는 믿기지 않는 이야기가 있습니다. 우리들이 팔미라에서 나온 때는 해도 다 저문 주위가 깜깜한 밤이었습니다.

바그다드 카페는 사막의 쉼표

팔미라에서 다마스쿠스로 가는 도중에 들른 바그다드 카페에서 종을 하나 샀습니다. 우리 종 모양은 아니었습니다. 종 아래 부분은 타원형이었습니다. 까만 수염의 베두인 주인이랑 한참을 실랑이했지만 전혀 가격을 깎지 못했습니다.

시리아 수도 다마스쿠스에서부터 팔미라를 거쳐 이라크의 바그다드까지 이어진 이 길은 시리아 사막을 통과하는 곳에 있습니다. 팔미라와 다마스쿠스의 중간 정도에 있습니다. 진짜 바그다드는 여기에서 700km나 더 멀리 떨어져 있습니다. 고속도로나 다름없는 이 길 위에서 휴게소로 쓰이고 있어 바그다드 카페는 인기가 많습니다. 우선 낭만적인 카페 이름도 그렇고 베두인의 이국적인 모습에 누구나 한 가지씩 추억을 안고 돌아가게 되는 거지요.

여행객에게 커피와 차를 팔고 지도나 낙타인형과 같은 기념품도 판매하는 곳이면서 베두인의 생활상을 보여주는 천막이나 둥근 계란형의 흙집을 보여주는 것이 인상적이지요.

장사가 잘 된다 싶으니까 아류도 몇 개 생겨났다는데 우리가 들른 곳은 '원조' 라고 주장하는 '바그다드 카페 66' 이었습니다.

66이라는 숫자는 물론 영화 〈바그다드 카페〉에서 따왔겠지요. 미국 캘리포니아 사막을 지나가는 66번 도로의 바그다드 카페가 무대였으니까요.

어둠 속에 도착하여 마차 바퀴가 그려져 있는 아치형 현관의 문을 열고 들어가니 벽에서부터 온갖 물건들이 카페 안을 가득 채우고 있었습니다. 만물상이었습니다. 카페 안에 들어서자 카펫이 깔린 긴 의자와 무쇠난로가 있었고 물이 끓고 있는 주전자가 있었습니다. 박하향 나는 차를 한 잔씩 마시고 이것저것 구경했습니다.

그 중에서 시리아 지도가 그려진 양털가죽이 보였습니다. 아주 자세하게 알레포, 팔미라, 하마, 홈스 등은 물론 우리가 가야 할 다마스쿠스, 이곳 바그다드 카페까지 그려져 있어 한없는 상상에 빠져들게 하였습니다. 양가죽 지도 위에 내가 가보지 못한 시리아 곳곳을, 내가 가야할 곳들을 떠올려 보았습니다. 그러려면 시리아에서 한 달 정도는 더 필요할 것 같았습니다.

BAGDAD CAFE

그래도 '시리아 한 달 헤매기' 같은 짓을 해보고 싶었습니다.

화장실로 가기 위해 카페의 뒤쪽으로 갔을 때 그만 사막의 밤하늘을 보고 말았습니다. 불빛 하나 없는 사막에 수많은 별빛들이 쏟아져 내리고 있었습니다.

차에 오르고 보니 모두 나처럼 종을 하나씩 샀는지 여기저기서 딸랑거립니다. 모두들 천진하게 웃어가면서 딸랑거립니다. 하나의 종소리는 맑고 투명했었는데 많은 종소리는 금세 소음이 되어 버립니다.

계속된 사막의 지루함을 달래보려는 듯 쉬지 않고 종을 딸랑거려보지만 끝없이 이어지는 사막보다 먼저 지쳐버렸습니다.

Damasscus

다마스쿠스, 그 오래됨만큼이나

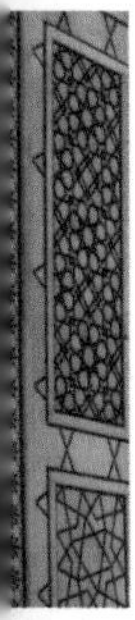

도시가 오래 될수록 비둘기가 많이 산다고 합니다.

비둘기떼는 도시의 역사와 함께 늘어갑니다. 다마스쿠스에서도 여전히 비둘기는 하늘을 덮고 날아 갔습니다.

시리아의 수도 다마스쿠스는 세계에서 오래된 도시 중에서도 가장 오래 되었다고 손을 꼽습니다.

성경에서 바울이 회심한 다메섹 도상이 바로 이 다마스쿠스를 말합니다. 다마스쿠스는 율리우스 황제 시절 '동양의 진주'라고 불렀습니다.

다마스쿠스는 7~8세기 우마이야 왕조 시절의 100여 년 동안 황금기를 누렸습니다. 이 시기에 우마이야 왕조의 영역은 서쪽으로는 대서양 연안과 피레네 산맥, 동쪽으로는 인더스 강과 중국에까지 뻗

PARIS 118

어 나갔습니다.

그러나 우마이야 왕조의 몰락과 함께 다마스쿠스는 퇴보의 길을 걷기 시작했습니다.

정말로 오래된 도시, 다마스쿠스의 첫 대면은 살라딘 동상 아래에서 시작되었습니다.

"여기가 살라딘 광장이지요. 광장이랬자 살라딘 동상 아래의 폭 10여 미터의 보도에 불과하지만 우리의 다마스쿠스는 여기서 시작합니다. 시리아 사람들에게는 여기가 아주 중요한 장소이지요."

십자군을 발로 짓밟고 말을 타고 달리는 살라딘의 동상은 진초록으로 채색이 되어 있었습니다. 뒤쪽으로는 다마스쿠스 고성을 배경으로, 앞에는 복잡하고 무질서한 다마스쿠스 거리가 펼쳐진 곳입니다.

살라딘은 12세기에 북아프리카에서 메소포타미아에 이르는 광대한 지역을 망라한 아이유브 왕조를 세워 분열 위기에 처한 이슬람 세계를 재통일한 영웅입니다. 아랍 세계의 여러 곳에서 만날 수 있고 그의 이야기를 듣게 되는 인물이지요.

살라딘 동상에서 조금만 더 가면 수크 하마디에가 있습니다. 수크는 아랍어로 시장을 말하니 즉 '하마디에 시장'이지요. 아직은 아침이라 그런지 문을 연 곳은 많지 않았지만 로마식 아치의 함석지붕의 뚫린 구멍 사이로 아침 햇살이 비스듬하게 직진하고 있습니다.

동서의 길이가 600여 미터로 우마야드 사원Umayyad mosque 앞까지 연결되어 있습니다. 이 시장은 고대 로마의 요새 옆에 세워졌는데 여러 차례 보수되었고 가장 최근에 보수된 것이 13세기입니다.

쫀득쫀득한 맛이 기가 막힌 아이스크림 가게며, 가죽가방 가게, 다마스쿠스 비단옷 가게들이 빼곡히 있는 시장을 지나니 갑자기 비둘기들이 날아다니는 광장이 있었고 바로 우마야드 모스크가 있었습니다.

이 모스크에 입장하기 위해서는 우리 여자들도 아랍 여인처럼 머리카락을 가려야 했습니다. 입구에서 나누어준 녹잿빛 옷을 입고 머리를 가리니 갑자기 신비로운 아랍 여인이 되었습니다. 물론 다른 아랍 여인들은 애당초부터 까만 부르가를 두르고 있으니 신경 쓸 일도 없었겠지요. 신발을 벗고 들어갑니다. 대리석의 차가운 감촉이 톡 쏘는 듯이 발바닥을 자극합니다.

시리아에서 가장 큰 이슬람교 사원이며 아랍권을 통틀어서도 매우 크고 아름다운 사원인 이 모스크는 내부 길이만 130여 미터나 되는 거대한 모스크입니다.

우마야드는 다마스쿠스의 오랜 역사만큼이나 그 다양한 변모의 모습을 보여줍니다. 원래 이 사원이 서 있는 자리는 원주민 아람인Aram들의 하다드 신전이 있던 곳입니다. 하다드hedad는 비를 주관하고 땅을 풍요롭게 해준다는 고대 시리아의 최고신이었습니다. 로마제국 시대에 들어와서 그 자리에는 로마인들의 최고신을 위한 주피터 신전이 건축되었고, 그 후에 기독교 시대였던 비잔틴 제국 때는 세례 요한 교회로 바뀌었습니다.

카펫이 깔린 모스크 안에서 제일 먼저 눈에 띄는 것은 세례 요한John the Baptist의 머리 무덤입니다. 돔 형식의 머리 무덤 주위에는 많은 사람들이 모여서 경배하고 기도하고 있습니다.

그리고 두 무리의 사람들이 모여서 아랍식 예배를 보고 있습니다. 처음 보는 광경이었지만 이맘무슬림의 예배를 인도하는 사람의 말에 경청하는 모습은 비록 아무 의미도 모르지만 저절로 경건해지게 하는 분위기였습니다.

이 모스크는 규모뿐만 아니라 사원 안팎을 장식하고 있는 모자이크 작품으로도 유명합니다. 우마야드 모스크의 모자이크는 아랍 모자이크 예술의 극치라는 칭찬이 있습니다. 건물 정면의 벽면에 있는 인상적인 그림은 전원 풍경을 묘사하고 있는데 이슬람의 천국을 묘사하고 있다고 합니다.

우마야드를 나와 옆 골목의 카페에 갔습니다. 이른 시간인데도 시리아 남자들은 카페에 앉아 차를 마시거나 물담배를 피우고 있었습니다. 누군가가 물담배를 빌려 한 번 피워 보더니 아주 맛이 좋고 순하다고 하네요. 실은 여러 가지 첨가물박하향, 사과향, 카푸리향 등

에 묻혀 니코틴 냄새를 맡기 힘들 뿐이고 니코틴 함량은 일반 담배 70여 배, 일산화탄소는 10배 이상 된다고 하니 그냥 한 번의 호기심을 만족시키는 것으로 끝내세요.

다마스쿠스 검의 양날

이슬람 군의 칼은 양 쪽 모두 잘 벼린 칼날이어서 칼집에서 칼을 뺄 때 적을 치고 다시 돌아오면서 적을 칠 수 있어 그 효율성이 무척 뛰어났다 합니다. 인류 사상 가장 뛰어난 무기는 사람이라고 했지만 그 사람이 쓰는 무기는 어떤 성능이냐가 중요하겠지요.

다마스쿠스 검은 동시대는 물론 역사상의 어떤 강철 검보다 뛰어났습니다. 비단 손수건을 칼 위에 떨어뜨리면 저절로 베어질 만큼 예리할 뿐만 아니라, 탄력성이 커서 바위를 내리쳐도 구부러지거나 부러지지 않았다고 합니다. 또한 칼의 표면에 다마스크라고 불리는 특유의 미세한 소용돌이나 물결 무늬를 띄고 있어서 더욱 신비한 느낌과 아름다움을 더하고 있습니다.

특유의 소용돌이 무늬는 제조 과정에서 칼날과 수직 방향으로 사

다리처럼 여러 홈이나 정釘 자국을 새기는데, 이 홈에 따라 소용돌이가 생기게 된다고 합니다. 이 무늬를 무하마드의 사다리라고 불렀고 최상급의 다마스쿠스 검의 상징으로 여겨졌습니다.

제조 방법이 단절되었다가 최근에야 노벨상을 받은 어느 학자가 다마스쿠스 검이 나노 탄소 기술로 만들어졌다고 발표했습니다.

십자군의 사자왕 리처드가 이슬람의 위대한 영웅 살라딘 왕을 만나는 장면을 묘사한 문학작품에서도 서로 칼 자랑을 하면서 리처드 왕이 유럽인은 상상도 하기 힘들 정도로 우수한 이슬람의 다마스쿠스 검을 처음으로 보고 마법이나 속임수라고 크게 놀라는 장면도 있을 정도입니다.

그 다마스쿠스의 칼을 본 것은 아젬 궁전이었습니다. 1749년에 건축한 아젬 가문의 궁전을 박물관으로 개방한 것입니다. 아젬 궁전은 꽤나 꼼꼼히 구경해 본 아랍식 건물과 민속 박물관이었습니다.

다마스쿠스는 사막의 오아시스 도시인지라 집안에서 푸름을 한껏 느끼게 해주는 구조를 가진 귀족의 집입니다. 사각의 건물로 둘러싸인 집 중앙에는 정원과 분수대가 만들어져 있어 공기를 정화시키고 시원함을 더해주며 가습 역할까지 해주는 훌륭한 구조물입니다.

방마다 흥미로운 볼거리 때문에 시간 가는 줄 모르고 빠져 들었습니다. 나와 같은 삶을 사는 것 같으면서도 또 다른 삶을 살아내었던 먼 이국의 생활물품들이 새삼스레 정겹게 다가옵니다.

처음 들어가 본 방은 코란 학교였습니다. 도배지부터 다른 방과는 차별되었고 두 번째 방은 동양적인 느낌이 물씬 풍기는 응접실이었습니다. 진주조개의 자개로 만든 소품들, 중국 도자기, 실크의 아름다운 무늬가 기품을 더해줍니다. 그 다음 방에서는 아랍의 전통 악기, 그리고 결혼 전날의 신부방으로 꾸며 놓은 곳도 있습니다. 신부가 신던 신발도 있었는데 대충 어림잡아도 그 굽의 높이가 25cm는 되어 보였습니다. 그리고 시어머

니의 방, 성지 순례의 방, 목욕탕, 우리의 사랑방 같은 방도 있습니다. 커피와 차, 물담배 이곳에서는 허블리 버블리라고 부른다지요. 담배를 피울 때 물거품의 소리래요 스토리 텔러의 높은 의자 등으로 장식된 극히 아랍적인 방입니다.

한 방을 나오면 또 다른 흥미를 불러일으키는 방이 계속 되어 나중에는 무슨 방이 있었는지 가물거렸습니다.

여기까지는 주인의 공간이고 회랑을 지나 나오면 하인의 공간입니다. 이곳에서 가장 인상 깊었던 것은 지름이 1미터가 넘는 접시였습니다. 그리고 다양한 염색 문양 만들기, 다듬이질, 베 짜기, 유리공예, 가죽공예, 목공예 등을 보여주고 있습니다.

다마스쿠스 검을 거기서 처음 보았던 것 같습니다. 아마 다른 곳에서도 보았을 수도 있지만 다마스쿠스였기 때문에 더 실감나게 다가왔을 것입니다. 웹 사이트를 뒤지다보니 다마스쿠스 검은 총알도 가른다는 말이 있네요. 좀 뻥이 심한 거지요.

하지만 파도치는 듯하면서도 울렁거리는 무늬들이 아직도 눈에 선명하네요.

양날을 가진 효용성이 뛰어난 다마스쿠스의 검처럼 모든 일을 효율의 극대화, 실용, 편리로만 몰고 가는 이 시대에 한 발짝쯤 뒤떨어져서 다소 뒤처지더라도, 다소 불편하더라도 느리게 살고 싶습니다.

석유와 물과 바람이 귀한

요르단

암만 생각해도 암만 / 페트라는 내 여행의 종착지
왕의 대로와 라니아 왕비 / 사막의 낙타 사파리

JORDAN

Amman

암 만 생각해도 암 만

지난해 세계여행 담당기자들과 여행 관계자들에게 가장 인기 있는 관광지로 두 곳이 뽑혔는데 하나는 요르단 수도 '암만' 이고 다른 하나는 이탈리아 캄파니아 주에 있는 '포스타노' 라고 합니다. 포스타노는 안 가보아서 모르겠지만 암만이 뽑혔다니 암만 생각해도 잘 모르겠습니다.

'암몬 자손들의 거대한 도시' 또는 '암몬 자손들의 수도' 라는 뜻의 암만은 요르단 하심 왕국의 수도이자 암만 주의 주도입니다.

구약성서에서 다윗왕의 장군 요압이 점령한 '왕의 도시' 는 고원지대 꼭대기에 있던 아크로폴리스였던 것으로 짐작되며, 다윗왕이 우리아의 아내 바세바와 결혼하기 위해 우리아를 전쟁터로 보내 죽게 했을 때 그가 전사한 곳도 이 도시의 성벽 앞이었다고 합니다. 이 사건은 이슬람 민담에서 전해지기도 합니다.

1948년에 일어나 2년 간의 아랍-이스라엘 전쟁 후에는 아랍 난민들이 엄청나게 요르단으로 쏟아져 들어왔습니다.

이때부터 시작된 난민문제는 1967년 '6일 전쟁'으로 요르단이 요르단 강 서쪽 영토 모두를 이스라엘에 빼앗긴 후 더욱 심각해졌습니다. 요르단 정부와 팔레스타인 반군 게릴라 사이의 정치적인 갈등이 1970년에는 암만의 시가지에서 공공연한 내전으로 폭발하기도 했습니다. 결국 정부군이 반군 게릴라를 진압하기는 했지만 암만 시는 이 사건으로 파괴된 곳이 많았습니다.

그후에 이라크전의 발발로 이라크 난민들이 또 암만으로 쏟아져 들어왔습니다. 그 결과로 물가는 뛰고 주택문제는 더욱 심각해졌습니다.

지금 요르단에 거주하는 이라크 난민은 약 75만 명2007년 통계으로 추정하는데 그들은 난민증이 있어야 일자리도 구할 수 있고 또 자녀들을 학교에 보낼 수 있습니다. 또 난민증이 없으면 수시로 하는 검문에 걸려 추방당합니다. 그들은 최하층민으로 살아가면서 일자리도 잡일 수준에 그칩니다. 현대판 디아스포라인 것이지요.

난민으로 살아가기에 또 어려운 일은 차별 문제입니다. 별다른 연고도 없이 낯선 땅으로 들어가 살아간다는 것이 쉽지 않겠지요. 돈도 없고 특별한 기술도 없는 난민의 지위는 하루하루를 연명해 가는 수준이겠지요. 더구나 본국에서는 아직 전쟁이 끝나지 않은 상태에서 살아간다는 것은 지옥일 것입니다.

1975년 베트남 패망 당시의 보트피플이 생각납니다. 그들도 전 세계를 떠돌던 난민들이었습니다. 그때 한 월간지에서 읽었던 어느 여대생의 편지가 생각났습니다.

"한 여자에게 평화란, 자유란 한 남자의 가슴 넓이만 합니다. 거창하게 세계 평화니 하는 것들은 필요 없습니다. 나를 품어줄 당신의 가슴만 있으면 됩니다. 포성이 간간히 들리는 이 밤에 당신은 어느 참호에서 떨고 계십니까?"라는 글이었습니다.

그때 나도 감수성이 예민한 20대였으니 함께 눈물을 흘렸던 기억이 새롭습니다. 이 세상에 전쟁은 어느 곳에나 일어나고 있지만 그저 우리의 운명 위로 지나가지 않기만을 빌 뿐입니다.

암만의 어느 여행사 앞에는 많은 사람들이 가방을 깔고 앉거나 선 채로 기다리고 있는 모습이 보였습니다. 저들이 이라크 난민이라고 할 수는 없었지만 세계를 유랑하는 '난민' 이라는 단어가 떠올라 가슴이 메어 왔습니다. 지구촌에는 지난해 난민의 숫자가 6천 7백만 명 정도라니 가난 때문이거나, 전쟁 때문이거나 이 세계 지도자들이 해야 할 일이 갈수록 많아지는 것 같습니다.

이런 암만에 난민이 몰려드는 통에 물가가 치솟고 주택난이 가중되는 것은 어쩔 수 없을 것입니다. 그런 암만이 가장 여행하고 싶은 곳으로 뽑혔다니요? 아마 제라쉬나 페트라까지 포함해서겠지요. 아니면 암만에서도 비교적 잘 보존되어 있는 로마식 원형경기장이나 고고학 박물관, 암몬 성터 때문일 것이라 생각합니다.

저의 암만 기억은 암만 생각해도 잘 나지 않습니다. 산꼭대기까지 들어 차 있던 달동네를 멀리서 본 것이나 호텔 앞의 과일가게 정도입니다. 하룻밤만 묵고 대사관에 들렀을 뿐이니까요.

Petra

페트라는 내 여행의 종착지

이번 지중해, 서아시아의 여행 종착지는 페트라라고 해도 과언이 아닙니다. 여행 계획을 짤 때 다른 건 다 두고 페트라 하나만으로도 충분하다고 생각했습니다.

그런데 항상 "가장 바라는 일은 가장 어렵게 이루어진다"라는 말이 조금도 예외없이 나에게 일어났습니다.

그토록 보고 싶던 페트라를 눈앞에 두고 여권에 말썽이 생겼습니다. 시리아에서는 그냥 넘어갔지만문제가 생겨도 미수교국인 시리아에서는 방법이 없었습니다 이스라엘 입국을 앞두고 그 여권으로는 절대 입국을 할 수 없을 것이라고 하네요.

출국하기 전에 여권을 확인하니 조금 뜯겨져 있었습니다. 그래서 접착제로 붙였는데 접착제로 붙인 자국이 확실히 보였지요. 여권 위조에까지 걸릴 수 있는 중대한 결함이었습니다. 요르단 일정이 빠듯하니요르단에서는 페트라밖에 없었거든요. 암만에 도착하면 바로 대사관에 들러 여행증명서를 받아야 했습니다.

일행들은 페트라를 보러 간다고 들떠 있는 데 좀 참담했습니다. 그것도 오전 중에 페트라 투어가 끝나니 일행의 투어가 끝나기 전에 도착해야 겨우 볼 수나 있을까요. 잘 해야 1시간 정도는 볼 수 있을지 그 1시간 정도도 무척 귀하게 느껴졌습니다.

아침 8시, 다들 투어를 출발하는 그 시각에 나는 암만 시내를 돌아 한국대사관에 갔습니다. 깔끔하고 단정한 모습의 대사관 민원실에서 여권 확인을 기다리는 동안 책자도 뒤적이고 여행 중에 처음으로 인터넷도 해보았습니다. 현지 여행사 사장이 동행했기에 신경 쓸 것도 없었지만 자꾸만 금쪽 같은 시간이 흘러갔습니다. 30여 분 만에 영어와 아랍어로 된 틀림없는 대한민국 국민이라는 확인서를 들고 이제는 페트라를 향해 달렸습니다.

페트라의 입구에 도착한 것은 11시 40분이었으니 거의 3시간을 달렸습니다.

인디아나 존스 기념품 상점도 있고 페트라 유적 지도도 있는 매표소에서 알 카즈네 앞까지 가는 마차를 왕복 35달러를 주고 탔습니다. 여기서부터는 시크그리스어로 바위로 향하는 길 '밥 아스-시크Bab As-Siq' 입니다. 자갈 깔린 마른 흙에서 흙먼지가 부옇게 일어나는 800여 미터의 길을 마차를 타고 갑니다. 여기는 마찻길과 인도가 구분되어 있습니다. 밥 아스-시크를 오른쪽으로 돌아가자 시크 입구에 만들어진 댐이 보입니다. 와디무사Wadi Musa, 모세의 계곡에서 페트라 내부로 물이 역류하는 것을 방지하기 위해 만든 것입니다. AD 50년께 나바테아인들이 최초로 만들었으며 현재도 같은 장소에 댐이 만들어져 있습니다.

1963년에 새로이 만들어진 댐 상단에 해당하는 다리가 시크의 입구 역할을 하고 있습니다. 시크 입구는 본래 아치 장식이 만들어져 있었으나 1896년 부서졌으며 받침대 일부만이 흔적으로 남아 있습니다.

시크 입구에 나바테안 복장의 베두인이 지친 듯 서 있습니다. 숱한 관광객 중 누구라도 사진의 모델이 되어주고 모델료를 받는 거친 삶의 흔적이 몸 전체에 가득 배어 있는 것 같아 마음이 아팠습니다.

말발굽 소리를 들으며 요령 소리에 장단 맞추어 말 그대로 주마간산으로 지나쳤습니다.

시크는 하나의 거대한 바위가 지각 변동에 의해 분리되면서 생긴 것으로 시간이 흐르고 사막에서 부는 거센 바람에 의해 바위 표면이 깎이고 부서지는 오랜 풍상을 거친 후에 이렇게 변한 것입니다.

시크는 넓이가 2미터 정도로 좁으며 가장 넓은 부분도 5미터밖에 안 됩니다. 겨우 마차 두 대가 비켜 지날 수 있는 곳입니다. 마차는 가다가 마주 오는 마차를 만나면 서로 물러서면서 지나갑니다. 가다가 걸어가는 관광객들이라도 가운데에 끼게 되면 마차에 타고 있는 저는 아주 미안해졌습니다.

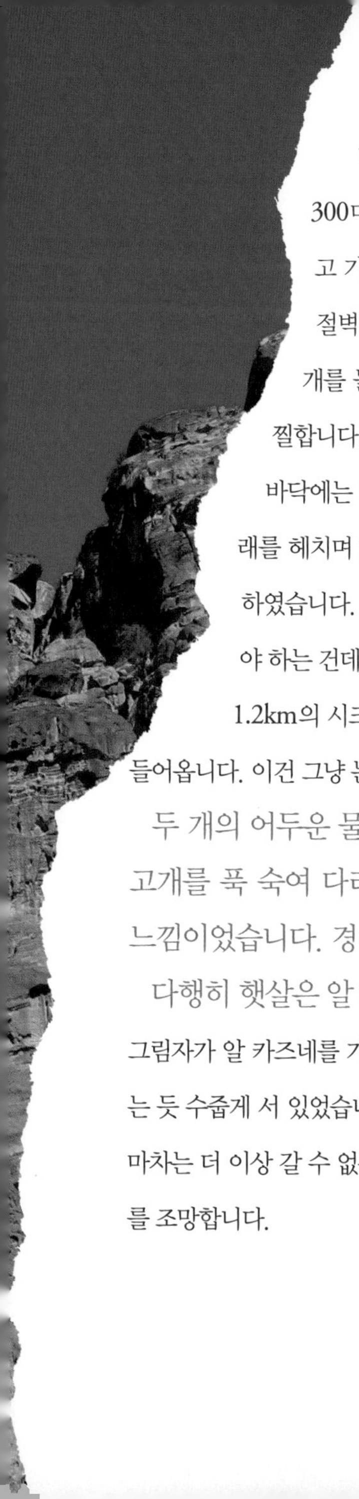

바위들은 거의 직각보다 더 가파른 150도까지 있는, 높이가 약 300미터까지 이르는 협곡입니다. 시각은 정오 근방이었지만 워낙 좁고 가파른 협곡인지라 많은 부분이 그늘져 있었습니다. 그늘진 바위 절벽에 햇살을 받아 환한 곳은 붉은 핑크빛이 현란하게 빛납니다. 고개를 들어 하늘을 쳐다보니 바위 틈 사이로 청람색 하늘빛이 더욱 아찔합니다.

바닥에는 마른 모래가 쌓여 있었습니다. 마차의 바퀴는 삐거덕거리며 모래를 헤치며 앞으로 나아갑니다. 시크는 거의 그늘 속이라 그런지 무척 서늘하였습니다. 걸어 가면서 수로도 찬찬히 보고 바위의 모습도 자세히 봐두어야 하는 건데 그냥 파인더에 담아 넣기 바빴습니다.

1.2km의 시크가 거의 끝나갈 무렵 눈을 수평으로 드니 알 카즈네가 눈에 확 들어옵니다. 이건 그냥 눈에 확 들어와 버립니다.

두 개의 어두운 물체 사이에 환한 발광체를 보는 듯했으며, 어릴 적에 고개를 푹 숙여 다리 사이로 머리를 거꾸로 밀어 넣고 보던 세상 같은 느낌이었습니다. 경이, 그 자체라는 표현밖에 할 수 없었습니다.

다행히 햇살은 알 카즈네를 고스란히 보여주고 있었습니다. 다른 바위의 그림자가 알 카즈네를 가리지도 않았으며 알 카즈네는 원시의 모습으로 알몸을 내보이는 듯 수줍게 서 있었습니다. 시크가 끝나는 곳은 알 카즈네의 앞은 광장입니다. 여기가 마차는 더 이상 갈 수 없는 종점입니다. 많은 사람들이 멀리서 또는 가까이서 알 카즈네를 조망합니다.

영화 〈인디아나 존스〉에서 주인공 해리슨 포드가 성배를 찾아 들어가던 바로 그곳입니다. 알 카즈네는 6개의 코린트식 기둥으로 이루어져 있는데, 철저하게 바위산을 깎아 만들었는데 다른 페트라의 건축물들과 마찬가지로 위에서부터 아래로 깎아 내려온 것이랍니다. 알 카즈네 꼭대기에 항아리처럼 생긴 조각이 있는데, 그 안에 보물이 숨겨져 있다는 전설이 있어 알 카즈네' 보물창고라는 이름을 얻게 됐다고 합니다.

유목생활을 하던 나바테아인이 BC 7세기 무렵 페트라를 중심으로 정착하면서 나바테문명이 태동되었다지요. 106년에는 로마의 트라야누스 황제에게 땅을 빼앗겼다가, 하드리아누스가 방문한 것을 기념하여 '하드리아누스의 페트라' 라는 이름으로 불리기도 했습니다. 그 후 6세기께 발생한 지진에 의해 도시 전체가 폐허화되었을 것이라고 추측합니다.

알 카즈네를 지나면 조금 넓은 분지입니다. 오른 쪽에는 '왕가의 무덤' 이, 왼편으로 로마식 원형극장이 있습니다. 여기에서 저의 페트라는 끝이 났습니다.

보고 싶어도 더 이상은 갈 수 없었습니다. 알 카즈네 못지않다는 알 데이르수도원도, 페트라 시티센터도, 또 알 마드바도, 아론의 무덤도 모두 가슴 속에 묻어 두고 훗날을 기약할 수밖에 없었습니다.

얼마 전에 EBS의 〈세계 테마 기행〉 '페트라' 편을 보았습니다.

페트라를 둘러보려면 최소한 1주일은 걸리는데,

"어떤 사람은 2시간을 보고 페트라에 다녀왔다고 하는 데 그건 아니다."라고 하더군요. 저는 1시간 남짓 보았으니 페트라는 아예 잊어야겠네요.

왕의 대로와 라니아왕비

다마스쿠스에서 요르단을 거쳐 아카바까지 이어진 고대의 통상로를 왕의 대로라고 부른답니다. 아니지요. 정확히는 이집트까지를. 길가의 "King's Highway Hotel" 간판을 보고 왕의 대로인 줄 알았지만 진정한 왕의 길은 과연 어떤 길일까요?

BC 13세기에 모압인, 에돔인이 왕국을 건설하였습니다. 이스라엘 사람이 이 땅의 통과를 청한 것은 이 시기입니다. 왕의 대로는 나바테아 사람의 통상로로서 이용되었는데 트라야누스 황제는 이 땅의 나바테아를 정복하고BC 106년 이 길을 다시 고쳐 트라야누스로Trajan's Road로서 알려지게 되었습니다.

오늘날은 요르단 정부가 개보수하여 술탄로Tariq es-Sultani라 부르며, 자동차를 위해 다소의 변화가 있을 뿐 대체적으로 옛길을 이용하고 있습니다. 고대부터 왕의 대로King's Highway가 요르단의 남북으로 길게 종단하고 있었으며, 이 대로는 낙타를 이용한 대상들의 무역로이었을 뿐만 아니라, 이집트, 시리아, 이라크의 바벨로니아, 앗수르, 터키 지역의 힛타이트, 이란의 페르시아 등의 여러 제국의 군대와 문물이 오가던 주요한 길이었습니다.

동방에서 시작된 비단길의 주요 경로가 되기도 하였습니다. 왕의 대로를 오가며 이 지역을 장악했던 나바테아인, 로마, 비잔틴, 아랍, 십자군, 오스만 터키 등은 모두 독특한 문명의 흔적을 이 땅 여러 곳에 남겨 놓아 오늘날 이곳은 독특한 문화 유적들이 산재되어 있습니다.

그러나 나는 왕의 대로가 지나는 요르단을 거의 슬쩍 도둑처럼 지나가버려 내 마음속에 희미합니다. 암만과 페트라, 그리고 왕의 대로를 달리던 그 긴 길 정도만 내 마음속에 남아 있지만 언젠가는 다시 와야 할 곳으로 시리아와 함께 점을 찍어 두었습니다.

요르단의 면적은 우리 남한보다 약간 좁으며 석유가 나지 않은 아랍 국가 중 하나입니다. 그러다보니 '알라신의 은총이 비껴간 나라' 라는 말도 틀린 것은 아니지요. 석유와 물과 바람과 바다가 없거나 귀한 나라입니다. 80%가 사막인 요르단에서 주요 자원은 사막에서 나는 질이 좋은 인광석과 미네랄이 풍부한 사해입니다. 인광석은 비료의 원료가 되고 사해의 물과 갯벌은 화장품, 페인트 등의 각종 공업 원료로 쓰이기 때문입니다.

또한 요르단은 요단강, 암몬, 모압 등 성경에 나오는 장소를 포함하여 고대부터 역사에 등장하지만, 항상 시리아와 팔레스타인의 일부로서 그 변경의 유목지대였으며 하나의 국가를 이룬 적은 없었습니다. BC 600~BC 100년에 걸쳐 셈계의 나바테아인이 왕국을 세우고 페트라를 수도로 정하여 번영하였으나, 그 뒤에는 로마제국과 비잔틴제국의 지배를 받았으며, 6세기 이후 아랍인에게 정복되어 이슬람제국의 일부가 되었습니다.

요르단의 정식 명칭은 '요르단 하심 왕국'으로 왕이 다스리는 입헌군주제입니다. 현 요르단의 왕은 압둘라 2세입니다. 요르단은 600만 명 정도의 인구를 가졌으며 이라크 전쟁으로 인한 소수의 이라크 난민들과 팔레스타인전쟁으로 인한 팔레스타인 난민이 살고 있습니다.

요르단을 이야기하려니 현 국왕 압둘라 2세의 부인인 라니아 왕비를 빼놓을 수 없습니다. 1970년에 쿠웨이트에서 태어난 라니아의 집안은 팔레스타인 출신으로 요르단에 자리 잡은 명망 있는 가문입니다. 라니아는 초등교육과 중등교육 과정을 쿠웨이트에서 마쳤고, 1991년 카이로에 있는 아메리카대학교에서 경영학 학사 학위를 받았습니다.

대학 졸업 후, 라니아는 요르단으로 돌아와 시티은행에서 일했고, 이후 애플컴퓨터 회사에서도 일했습니다. 라니아는 1993년 1월에 열린 한 만찬회에서 당시 요르단 왕자이던 압둘라 빈 알 후세인을 처음 만나게 되었고 1993년 6월 10일 결혼식을 올렸습니다.

2006년『타임』지 선정 '세계에서 가장 영향력 있는 100인'에 선정되었으며 2003년 헬로 선정 '세계에서 가장 우아한 여성 1위'에 뽑히기도 한 라니아 왕비는 정말 우아하면서도 아름답습니다.

'남편인 압둘라 국왕보다 더 바쁜 왕비'라는 별명이 붙여졌을 정도로 외교무대에서도 왕성한 활동을 하고 있습니다. 하지만 과격 이슬람단체들조차 단 한 번도 라니아 왕비에 대한 비난이나 암살 위협을 보낸 적이 없습니다. 이슬람 복장은 아니지만 단정한 모습으로 서구와의 갈등 해소에 나서는 그녀에게 아랍권과 서구 양쪽에서 모두 추앙받는 '신 아랍 여성'으로 받들어집니다.

사람들은 자신과 비슷한 보통 인간들만 사는 사회에서 가끔은 거의 우상 같은 신적인 존재가 출현하기를 기대하는가 봅니다. 민주사회라는 것이 좋은 점이 훨씬 많지만, 사람에게는 우상 같은 존재가 나타나 앞뒤 안 가리고 신격화시켜 버리고 싶은 욕망도 있는 법이니까요.

한 번 요르단 라니아 왕비의 사진을 찾아보세요. 저처럼 반하지 않고는 못 배길 겁니다.

사 막 의 낙 타 사파리

낙타를 처음 본 것은 물론 국내의 어느 동물원이었겠지요. 기억으로는 창경원이나 어린이대공원의 동물원이었을 것 같은데 코끼리나 물개 같은 다른 동물에 묻혀 주목을 끌지 못했습니다. 하지만 정식으로 낙타와 대면한 인도 타르 사막의 낙타는 아주 특이한 동물이라는 인상이 깊게 남아 있습니다.

'사막의 낙타 사파리' 라는 로맨틱 모드의 투어는 처음엔 경이 자체였습니다. 거의 내 키만큼 큰 앉아 있는 낙타의 등에 올라탈 때부터 온몸을 요동치게 했습니다. 내가 올라탄 후 몰이꾼의 신호로 낙타가 일어나는데 앞으로 고꾸라질 듯 뒷다리를 펴더니, 또 뒤로 넘어질 듯 앞다리를 편 후에 나를 아주 높은 하늘로 띄워 주었습니다. 이동하면서 가장 높은 자세에서 내려다볼 수 있었습니다. 물론 땅을 벗어나지 않은 상태에서 말입니다. 해가 뜨는 아침부터 해가 지는 일몰까지 낙타를 타고 가시덤불과 모래와 황무지를 종일 쏘다니다 보니 처음의 기쁨은 간 곳이 없고 나중에는 허리가 빠질 듯 아팠고 양 허벅지의 안쪽이 걷지도 못할 정도로 쓰라렸습니다.

나중에 들어보니 남자들은 거의 죽을 지경이었다고 하더군요. 그후 고비사막에서는 낙타 등에 의자처럼 밑판이 있어서 고통은 없었습니다만 낙타를 볼 때마다 그 아픔이 생생하게 되살아납니다.

인도 라자스탄주에서는 11월 보름달이 뜨는 일주일 동안 힌두교 축제가 벌어지는데 이 축제 기간과 거의 동시에 열리는 낙타시장의 사진을 본 적이 있습니다. 푸시카르의 너른 사막에 수만 마리의 낙타와 사람들이 몰려 있는 모습은 장관이었습니다. 인근 각지는 물론 다른 나라에서조차 낙타를 팔고 사기 위해 모여드는데 그 낙타시장은 역사가 100여 년이 넘는다고 하니 낙타의 역사성은 알아주어야겠군요.

낙타는 길을 기가 막히게 잘 기억한다고 합니다. 이것은 사람들에게는 편리하지만 그들에게는 치명적인 아픔을 가져오게 하는 것이었습니다. 유목민들은 초원을 떠돌아다니다가 가족이 죽으면 그 자리에 버려야 하는데, 그때 새끼 낙타 한 마리를 죽여 같이 묻어둡니다. 그것을 본 어미 낙타는 아무리 오랜 세월이 흘러도 새끼가 죽은 자리를 지날 때마다 슬피 운다고 합니다. 유목민들은 어미 낙타의 울음소리를 듣고 가족 무덤의 위치를 파악한다고 하니 사람들의 잔인성은 알아주어야겠지요.

낙타는 자신이 피곤하거나 스트레스를 받으면 주인에게 화를 내거나 소리를 지르기도 합니다. 낙타를 타고 다니는 동안 끊임없이 하품을 해댄다거나 침을 흘리고 트림을 하고 심지어는 방귀까지 뀌어대는 낙타한테 질렸습니다. 낙타의 우두머리가 앞에서 길을 인도하면 다른 낙타는 그대로 길을 따라 가는데 길을 가면서 쏘아대는 오줌이 얼굴에 튀기도 하고 심지어는 큰일까지도 걸어가면서 보는 통에 난감한 적도 많았습니다.

아프리카 사막을 횡단하는 단봉낙타이든 고비사막을 건너는 쌍봉낙타든지 낙타는 최악의 환경을 극복해 가며 사는 동물이지요. 추운 겨울이 지나고 봄이 되면 낙타 등의 봉우리가 거의 사라지고 없습니다. 사막의 겨울을 견뎌내느라 봉의 지방을 다 써버린 탓이지요.

낙타는 다리가 길며, 부드럽고 넓적하며 발가락이 2개인 발이 있어서 모래나 눈 위를 걸을 수 있습니다. 낙타는 양쪽 다리가 함께 움직이는 독특한 걸음걸이로 뜁니다. 불리한 환경에도 적응할 수 있도록 속눈썹이 두 겹이고 귀에 털이 나 있습니다. 무릎을 꿇을 때는 가슴과 무릎에 있는 딱딱한 보호구로 몸을 지탱하지요. 낙타의 등에 있는 혹은 물을 저장하는 저수고가 아니라 지방덩어리이고, 사막에선 오랫동안 음식물을 섭취하지 못하므로 혹의 지방을 분해해서 생활을 합니다.

사막지대에서 유목생활을 하는 베두인의 음료수인 낙타젖은 소젖보다 칼륨, 철이 풍부하고 비타민C는 3배나 많아 영양분이 풍부합니다. 그래도 압권은 낙타 콧구멍이지요. 낙타는 콧구멍의 근력이 좋아 마음대로 열었다 닫을 수 있어 모래폭풍이 불어도 모래를 마시지 않을 수 있습니다.

낙타가 없는 우리나라 사람들에게 낙타는 많은 상상력과 흥미를 불러 일으키는 동물인가 봅니다. 많은 시인들이 낙타를 노래하기도 하고, 소설로 풀어냈지요.

신경림 시인은 시집 『낙타』의 표제시 「낙타」에서

낙타를 타고 가리라, 저승길은
별과 달과 해와
모래밖에 본 일이 없는 낙타를 타고
세상사 물으면 짐짓, 아무것도 못 본 체
손 저어 대답하면서,

슬픔도 아픔도 까맣게 잊었다는 듯.
누군가 있어 다시 세상에 나가란다면
낙타가 되어 가겠다 대답하리라.
별과 달과 해와
모래만 보고 살다가,
돌아올 때는 세상에서 가장
어리석은 사람 하나 등에 업고 오겠노라고.
무슨 재미로 세상을 살았는지도 모르는
가장 가엾은 사람 하나 골라
길동무 되어서.

어리석은 한 사람이 되어 낙타를 타고 낙타를 길동무 삼아 다시 어느 사막을 터덜거리며 가는 여행을 꿈꾸어 봅니다.

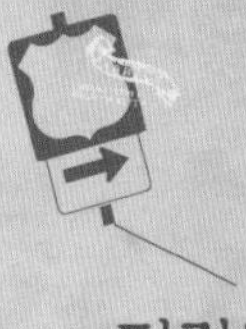

피라미드와 스핑크스, 태양의 나라

이집트

카이로, 그 혼란 속으로 / 피라미드, 천상에 대한 도전
사막을 향하여 / 사막 여우를 기다리며 / 아름다운 여인이 내게로 왔다
압도적인, 너무나 압도적인 카르나크 신전 / 사막 속 왕가의 계곡
부겐빌레아와도 같은 아부심벨
이집트를 넘어 아랍의 가수 움 쿨숨

EGYPT

Cairo
카이로, 그 혼란 속으로

이집트 아랍 공화국은 한반도의 4.8배의 넓이입니다. 그러나 국토의 5%만 사람이 살 수 있는 곳이고 나머지는 모두 사막이라면 이야기는 달라지겠지요. 그러니까 국토의 95%가 사막인 셈인데 그중에서 약 15%만이 모래사막이라면 이야기는 또 달라지겠지요.

구글 맵에서 보면 이집트의 거의 전부가 황톳빛 사막이고 나일강 양안에만 약간의 녹색 띠가 나일강을 따라 이어집니다. 그러다가 카이로 부근에서 녹색의 띠는 부챗살처럼 퍼져 나일 삼각주를 이루지요. 부채의 손잡이 부근에 카이로가 있습니다. 현지어로 "알 카히라"라고 부르면 훨씬 정감이 갑니다. 승리의 도시라는 뜻이지요.

그 카이로에 첫발을 딛습니다. 다른 많은 여행서에서 읽어 왔던 혼란의 극치 속으로 말입니다. 제대로 된 차선도 없고 교통체계도 엉망인 속에서 그림처럼 서 있었습니다.

카이로는 원래 이집트의 모습에, 새로 들어온 현대 문물들의 융합으로 이루어진 혼란의 극치를 보는 것 같았습니다. 국제 거대 기업들의 광고판과 상호들이 뒤엉켜 있었습니다. 매연 때문인지 뿌옇게 흐려진 시야 속으로 낡고 오래된 건물과 새로 치장한 빌딩들이 어지러웠습니다.

그래서 모두 인도의 델리에 비유하며 혼란의 정도를 이야기하는 것일까요?

혼란, 그것만은 아니겠지요. 관광산업이 발달한 곳이면 어김없이 등장하는 바가지 상술, 그리고 호객꾼, 걸인들도 포함되겠지요.

카이로의 건물들은 매연 속에서도 회색빛만 가득해 보입니다. 개발도상국에서 공통적으로 나타나는 현상이었는데 유독 시리아, 요르단. 이집트에서 더 크게 느껴지는 것 같습니다. 공장은 외곽지역에 있다고 하나 1천만 명이 넘는 사람들이 어느 통계에는 1천6백만 명이 넘는다고 함 우글거리니 자연히 환경은 나빠질 수밖에 없지요.

그러나 밤의 나일강과 도심은 화려하기 그지없었습니다. 네온과 조명이 현란한 카이로를 바라보면서 "밤은 아름다워!"라고 중얼거렸습니다.

유럽 사람들의 로망이라는 나일 크루즈를 해보았지요. 밤에 나일강의 배를 타고 크루

즈 만찬을 즐긴 다음 탄누라 공연과 밸리 댄스를 보는 것이었지요.

가장 호화판이라는 배는 서서히 나일강을 거슬러 올랐다가 다시 내려오는 코스입니다. 나일강의 야경보다는 공연에 빠져 정신없었습니다.

이집트인들은 많은 신을 믿었습니다. 그 중에서도 태양신인 라가 막강하지요.

التيك أوى

태양신 라는 매의 머리를 한 인간의 모습을 하고 있으며 코브라가 둘러싼 태양 원반을 쓰고 있습니다. 이집트인들은 태양이 뜨고 지는 길을 태양신 라가 배를 타고 항해하는 것이라고 생각했습니다. 태양이 지면 태양신 라는 지하세계로 내려가지만, 라는 언제나 다음 날 아침 다시 떠오릅니다.

나일강에 해가 떠오르면 그들은 나일강과 해에 대한 무한한 경이와 감탄을 보내지 않을 수 없었을 것입니다. 나일강을 따라 배를 타고 흘러 흘러가면 하늘에 닿을 수 있다는 소박한 믿음은 배도 무덤에까지 들어갈 수 있었고 벽화로도 그렸던 것입니다. 나일강의 동쪽은 인간의 거주지로, 나일의 서쪽은 죽은 자의 거처로 마련했던 이집트인들은 나일강의 범람으로 인한 풍요와 나일강의 풍부한 수량으로 살아갈 수 있었던 것에 대한 예의로 최대한 나일강을 신의 경지에까지 올려놓았을 것입니다. 크루즈가 끝나고 호텔로 돌아오는 카이로의 밤거리는 여전히 시끄럽고 활기찼습니다. 빵가게 앞에 늘어선 인파며, 봉지를 들고 바쁘게 귀가하는 사람들과 여전히 무질서한 자동차들이 살아 있는 카이로였습니다.

하나씩 가게의 불들은 꺼져 가고 어느 옷가게에서는 마네킹들이 옷을 입고 천장까지 빼곡히 서서 밤의 조명을 받으며 밖을 보는 풍경은 괴기스럽기까지 했습니다. 거의 모든 옷을 마네킹들이 입고 있으니 옷을 사려면 그 마네킹의 옷을 벗겨야 되겠지요.

몇 박을 카이로에서 했지만 제가 다녔던 곳은 한정되어 있어서 카이로의 극히 일부밖에 알지 못합니다. 피라미드와 스핑크스, 그리고 카이로 밤밖에 없습니다. 슬쩍 지나쳐 버린 도시의 인상은 금방 들통나버리는 마술사의 서투른 손놀림처럼 느껴집니다.

피라미드, 천상에 대한 도전

피라미드에 관한 찬사의 헌정은 그 어느 건축물보다 독보적입니다.

세상의 모든 찬사들인 최고, 최대, 최상의 모든 수식어를 붙여 찬미하기를 아끼지 않는 사람들을 보면서 우리에게 가장 필요한 것은 무엇일까 생각해봅니다.

과연 가장 크고, 가장 오래 되고 가장 아름다운 것만이 모든 가치관의 최상에 서있어야 하는 것일까요? 그래서 요즈음은 슈퍼도 모자라 울트라, 퍼펙트라는 말까지 온갖 수식어를 다 붙이는 모양입니다. 우리나라에서 나도는 킹왕짱도 같은 맥락이겠지요.

기자의 피라미드를 보면서 사람들이 애를 쓰며 가지려 했던 것이 무엇이었나 생각해 보았고 나 자신 역시 저걸 보려고 기를 쓰고 여기까지 왔나 하는 생각도 들었습니다.

하지만 장엄하고 단정하고 최고인 것만은 틀림없었습니다.

"피라미드에 바짝 붙어서 사진 찍지 마세요. 나중에 어느 담벼락인지 몰라? 하고 헤매게 될 테니까요."

주의를 주었던 현지 가이드 말을 믿고 가까이 서서 찍은 사진이 하나도 없습니다. 그래도 담벼락 사진이 필요할 때도 있을 텐데 너무 단순한 탓에 찍지 않았던 게 후회됩니다.

이집트인들도 처음에는 사람이 죽으면 직육면체의 흙과 벽돌로 만든 마스티바직사각형의 등받이 없는 의자라는 뜻에 매장하였습니다. 그러다가 차차 파라오의 절대성을 나타내기 위하여 좀 더 넓고 크게 만들 필요가 있었겠지요.

피라미드 중에서 가장 처음 만든 것은 사카라에 있는 계단식 피라미드인 것 같습니다. 조제르 왕의 피라미드로 재상 임호테프가 설계한 것이랍니다. 처음에는 한 변이 63미터인 직사각형 석조 마스티바로, 중앙에 깊이 28미터의 굴을 파고 그 밑에 매장실을 만들었답니다. 그리고 여섯 개의 단을 쌓았지요.

우리는 먼저 조제르왕의 계단식 피라미드부터 관람했습니다. 우리가 묵었던 호텔 이름도 "ZOSER"였는데 정직하게 읽어 "조져"라고 하며 웃었습니다.

계단식 피라미드가 가장 잘 보이는 위치에서, 가장 사진이 잘 받는 위치에서 사진만 찍고 돌아서야 했습니다. 가까이 가서 흙벽돌이라도 만져 보고 싶은데 하면서도 늘 일정에 쫓기는 게 관광객의 비애입니다.

사카라 지역을 지날 때 물소떼가 거닐고 있었지요. 자기의 몸보다 5배나 더 되는 무게의 짐을 실을 수 있는 나귀가 지나갔습니다. 참 평화로운 모습을 보았습니다. 유도화, 유

칼리투스, 대추야자, 벤자민고무, 부겐빌레아가 아름다웠고 가축의 사료인 발씨미가 초원처럼 펼쳐져 있었습니다. 유적지보다 이런 작은 풍경에 마음이 끌리는 것은 나만의 흔들림이 아닐 것입니다.

그후에 스네프루 왕은 계단식 피라미드를 응용하여 굴절 피라미드를 만들었습니다. 그러나 이 굴절 피라미드는 균형이 맞지 않아 돌의 무게를 견디지 못하고 무너져 버렸습니다. 지진이 많은 이집트에서 견디기 힘들었나 봅니다. 이집트 전역에는 무너진 피라미드나 벽돌들이 사방에 있습니다.

현재 모습을 보여주고 있는 피라미드는 80여 기가 된다고 합니다.

사람들이 동경하는 기자 지구의 세 피라미드는 이렇게 오랜 각고 끝에 완성되어 오늘날까지 우리들에게 굳건한 모습을 보여줍니다.

피라미드 세 기가 버티고 있는 기자 지구는 카이로 남서쪽 약 15km 떨어진 곳에 오

아시스 지역이 끝나고 사막 지역이 시작되는 곳에 있습니다. 그 옛날 피라미드를 건설할 때는 이곳까지 나일강이 범람하면 뗏목을 이용하여 석재를 운반해 올 수 있었습니다.

지금은 피라미드 바로 앞까지 사람들의 건물이 들어차 있습니다. 죽은 자의 영역을 현대 카이로인들은 겁도 없이 침범해 버렸습니다.

쿠푸왕의 피라미드 앞에는 낙타꾼이며 마부며 온통 호객꾼이 주위를 감싸고 있었습니다. 엽서를 파는 아이들은 줄기차게 하나 팔아 달라고 외칩니다. 그래서 나일강에 가장 무서운 물고기의 이름은 바로 "원 달러 피쉬"라고 하더군요.

쿠푸왕의 피라미드는 대 피라미드 또는 제1 피라미드라 일컬어지며, 높이 146.5 미터 현재 137미터, 밑변 230미터, 사면 각도는 51° 52' 입니다. 각 능선은 동서남북을 가리키고, 오차는 최대의 것이라도 5° 30' 에 지나지 않은 만큼 극히 정교한 것으로, 평균 2.5톤의 돌을 230만 개나 쌓아올렸습니다.

피라미드를 건설할 때 가장 큰 문제는 무거운 석재를 필요한 높이까지 운반하는 것이었습니다. 유력한 가설로는 피라미드 측면에 경사로를 만들고 피라미드가 높아짐에 따라 경사로도 높아졌습니다. 이때 경사로의 기울기는 일정해야 하므로 길이는 점차 길어질 수밖에 없습니다. 정상까지 다 쌓고 나면 위에서부터 외장을 완공시켜가면서 서서히 경사로를 낮게 하여 완성시키는 방법을 취하였습니다. 이 피라미드의 경사로를 따라 왕의 영혼은 하늘로 올라간다고 생각했습니다.

피라미드의 정중앙은 우주의 기가 모이며 우주의 중심이라고 했습니다. 언젠가 신문 가십난에 피라미드의 모형의 정중앙에 음식을 놓아두면 절대 썩지 않고 그대로 신선하게 보관된다는 것을 읽은 적이 있는데 신빙성이 있는 이야기인지 모르겠습니다.

제1 피라미드 남서쪽에 카프라 왕의 제2 피라미드가 있습니다. 높이 136미터, 밑변 216미터, 동쪽에 있는 장제신전에 450미터의 참배로가 뻗어 하곡신전에 이릅니다. 유명한 스핑크스는 하곡신전에 가까운 참배로 북쪽에 엎드려 있습니다. 기자에는 그밖에 멘카우레 왕의 제3 피라미드와 왕족들의 작은 피라미드 6기가 있습니다.

아직까지 이집트의 피라미드에 대해서는 확실하게 증명된 것이 없습니다. 많은 학자들이 머리를 싸매고 연구했지만 실은 모두 하나의 가설에 지나지 않습니다. 그래서 피라미드는 더 신비합니다.

유력한 가설로는 파라오 무덤이라고 말하지만 이것조차도 하나의 가설에 불과합니다. 더군다나 이집트박물관에 전시된 많은 미라들 중에서 이 피라미드에서 출토된 것은 하나도 없습니다. 거대한 피라미드의 석실에는 빈 석관 하나가 달랑 놓여 있을 뿐이었습니다.

누군가는 말했더군요.

"피라미드는 시간을 이겼지만 도굴꾼에게는 졌다"라고요.

피라미드의 역사만큼이나 긴 도굴의 역사 앞에 피라미드도 진실을 남기기에는 힘이 들었을 것입니다.

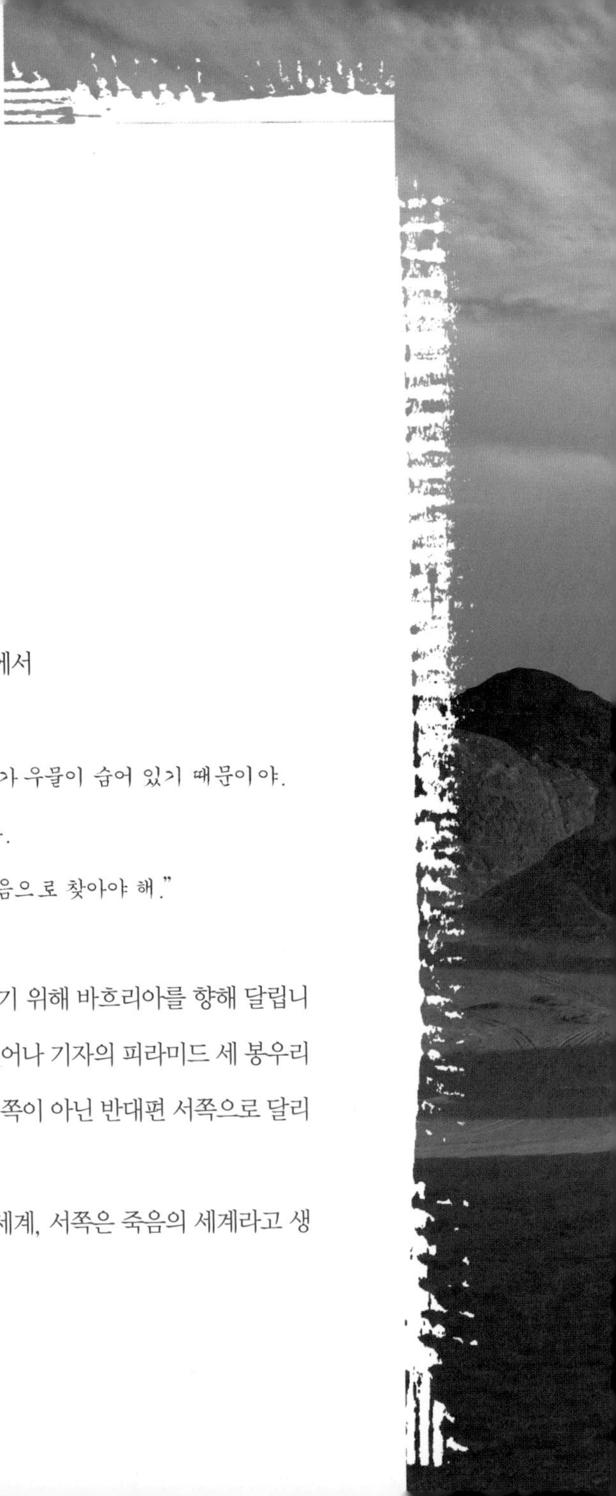

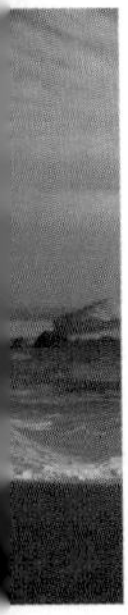

생텍쥐페리가 『어린 왕자』에서

"사막은 아름다워.

사막이 아름다운 건 어디엔가 우물이 숨어 있기 때문이야.

중요한 건 눈에 보이지 않아.

눈으로는 찾을 수 없어, 마음으로 찾아야 해."

마음으로 찾을 수 있는 사막을 가기 위해 바흐리아를 향해 달립니다. 투어용 버스입니다. 카이로를 벗어나 기자의 피라미드 세 봉우리를 왼쪽으로 끼고 달립니다. 나일강 쪽이 아닌 반대편 서쪽으로 달리고 달립니다.

나일강을 중심으로 동쪽은 삶의 세계, 서쪽은 죽음의 세계라고 생각했던 고대 이집트인들은 죽음 이후의 것들은 서쪽에 만들었습니다. 구태여 노력하지 않아도 나일강에서 서쪽으로 멀어질수록 삶과는 동떨어진 풍경들이 나타납니다. 전국토의 5%만이 사람이 살 수 있는 땅이고 나머지 95%는 불모의 땅이니 서쪽 사막지대는 당연히 죽은 자의 몫이 되겠지요.

세 시간을 넘게 사막을 달려 오아시스 마을에 도착합니다. 멀리서 보기에도 대추야자가 숲을 이루어 한눈에 오아시스라는 게 보입니다. 사막의 위험성 때문에 경찰서에 신고도 해야 합니다.

지구상에서 가장 큰 사막인 사하라사막은 아프리카 대륙의 4분의 1을 차지하며 남북의 길이가 1,700km, 면적 약 750만㎢로 세계 최대의 사막입니다. 사하라사막을 동서로 나누는데 동사하라 사막이 바로 리비아사막입니다.

'Desert' 는 라틴어의 **'버림받은 땅'** 이라는 뜻에서 출발했다고 합니다.

사하라사막의 '사하라' 라는 말의 뜻은 아라비아어로는 사흐라Sahra라 하는데 '불모지' 란 뜻입니다. 고비사막의 '고비' 도 '황야' 라는 뜻이고 타클라마칸 사막의 '타클라마칸' 은 '돌아올 수 없는, 즉 살아서 돌아오지 못 한다' 는 뜻이니 사막은 이래저래 사람들에게 죽음을 각오하게 하는 두려움을 주는 존재입니다.

점심을 먹고 여기서부터는 차체 위에 식량이랑 땔감, 매트리스, 침낭을 가득 실은 지프로 갈아 탑니다. 외줄기 고속도로랄 수 있는 포장도로를 달리다가 사구가 나타나면 사륜 구동의 지프는 모래 사구를 향해 달립니다. 허름한 도로이지만 그래도 포장도로였던 곳을 벗어나니 요동을 칩니다. 모래 사구를 향해 속도를 올리던 지프가 기어이 모래

속에 빠져 버립니다. 모래를 퍼내고 다른 지프들이 몰려와 끌어내야 겨우 올라옵니다. 사막에 지프가 다니던 곳은 바퀴 자국이 나 있어 그 길을 따라 달려갑니다. 그리고 낙타 떼처럼 줄을 지어 또 먼지를 일으키며 달려갑니다.

이제는 흑사막입니다. 하얀 모래 위에 철광석 성분의 검은 돌들이 쌓여 이룬 무더기가 몇 개의 봉우리가 되어 까만 언덕을 이루었습니다. 그래서 그 모양이 피라미드와 흡사해 '피라미드 마운틴' 이라고도 하네요.

한 가지 마음에 걸리는 게 있습니다. 크리스탈 마운틴이라는 곳에서 손으로 떼어내면 떨어지는 크리스탈을 떼어내어 이곳까지 가져 왔습니다. 물론 철광석의 예쁜 꽃모양 플라워 스톤을 눈에 불을 켜고 찾아내서 몇 개 역시 이곳까지 가져와 책상 위에 올려둔 것입니다. 남들에게는 환경보존을 쌍심지를 켜고 외치면서 예쁜 꽃돌을 찾고 또 돌멩이로 크리스탈 바위를 깨트려 가져온 크리스탈이 이제는 보기도 싫은 상처로 남아 있습니다.

백사막을 향해 달려갑니다. 모래가 흰 색이 아닙니다. 주변의 모든 지반이 순백색의 석회암 산지입니다. 원래는 바다 속이었다가 수천만 년의 세월이 흐르면서, 사막의 모래 광풍이 부드러운 석회암 바위를 깎아주어 자연석의 돌기둥이 되어 서 있습니다. 각기 다른 모양의 순백색 돌기둥이 버섯모양으로 닭 모양으로 그 기기묘묘한 모습을 뽐냅니다. 일몰에 맞추어 죽어라 달려온 보람 있게 하얀 석회암 기둥들 사이로 해가 집니다.

사막의 밤은 깊어갑니다. 사막의 어둠이 밀려옵니다.

추위도 함께 다가옵니다. 운전사 베두인들은 모든 일을 다 해줍니다. 지프 위에 올려 두었던 장작을 내리고 모닥불을 피우고 그 모닥불 위에 알루미늄 호일에 싼 통닭을 굽습니다. 할 일 없이 모닥불 주위에 모여 있던 우리들은 호기심으로 보고 있습니다.

타버린 장작불 숯을 막대기로 편 다음 호일 속의 닭을 올려두는데 펴 놓은 숯 위에 올려둡니다. 조금의 오차도 없이 펴놓은 숯불만큼에 꼭 맞게 통닭이 덮습니다. 지프와 지프 사이에 카펫을 걸어 바람막이가 되게 한 다음 기다란 상을 펴고 저녁을 차립니다, 야채와 통닭과 그리고 에이쉬이건 이집트인의 주식인데 걸레빵이라고 부른답니다가 먹음직스럽게 올라옵니다.

저녁이 끝난 후에 베두인들이 모닥불 주위에 몰려 음악을 연주하며 춤을 춥니다. 모닥불 주위를 돌며 허리를 흔들어댑니다. 허리 부근에 기다란 끈을 매달고 엉덩이를 돌려대는데 흔드는 게 장난이 아닙니다. 여자들이 추는 밸리 댄스는 많이 보았지만 남자들이 추는 건 처음입니다. 끈이 흔들리며 허리가 돌아가는데 저처럼 남자들도 유연할 수 있다는 게 믿기지 않습니다.

이웃 캠프에서 놀러 왔던 유럽인들도 자기들의 캠프로 돌아가고 몇 개 남지 않는 장작 도막을 아껴 모닥불에 던져 넣으며 밤이 새기를 기다립니다. 나누어준 모포를 깔고 슬리핑백에 들어가 누워도 1월의 추위는 몰려옵니다. 각오했던 사막의 밤이지만 너무 춥다는 생각에 별 걸 다 꺼내 껴입어도 소용없습니다. 뼛골까지 스며드는 추위에 다시는 사막에서 별을 기다리거나 밤을 지새우지는 말아야겠다고 이를 갈며 결심합니다.

이곳 백사막에서 보내는 밤을 지구상에서 가장 아름다운 별들의 우주쇼를 볼 수 있다는 곳이라고 해서 유럽인들은 '밀리온 스타 호텔' 이라고 부른답니다. 수도 없이 떨어지는 별똥별을 보며 그 별똥별의 빛이 없어지기 전에 소원을 빌려고 눈을 부릅뜨고 별똥별을 기다립니다.

서쪽 하늘로 떨어지는 별똥별을 보며 외칩니다.

"제발…."

이 단어조차 끝나기 전에 별빛은 사라져 버립니다.

그렇게 어려운 소원 빌기였기에 별똥별이 떨어지기 전에 소원을 빌어야 하는지 모릅니다.

초등학교 5학년 과학 교과서에 사막여우와 북극여우의 차이점을 설명하면서 사막여

우, 흔히 말하는 페넥여우는 털이 짧고 귀가 길고, 북극여우는 털이 길고 귀가 작다고 했습니다. 북극여우가 귀가 짧은 이유는 자신의 체내의 열을 빼앗기지 않으려는 까닭입니다.

환경에 적응하는 동물을 배우게 되면서 등장하는 두 동물이지요.

불씨가 사그라져 가는 것을 안타깝게 지켜보며 새벽을, 사막여우를 기다립니다. 여행객들이 던져주는 먹이에 사막여우들은 밤이 되면 텐트 주변을 맴돈다고 합니다.

새벽이 올 때까지 기다렸는데 오늘은 사막여우가 오지 않으려나 봅니다.

또 한 번 장관을 연출하는 석회암 기석 사이의 일출을 끈질기게 기다린 끝에 감상했지만 이제는 꼭 필요한 화장실을 찾아봅니다. 카를로 베르크만은『최후의 베두인』에서 바람을 피하고 모래가 덮치는 걸 막기 위해서라도 바위 아래에 천막을 치자고 했지만 베두인들은 바위에서 멀찌감치 천막을 쳐서 불만이었는데 아침이 되어서야 그 이유를 알고 실소했다는 기록이 있었습니다. 저도 아침에야 그 이유를 알게 된 셈이지요.

사람들이 보이지 않는 바위 뒤로 돌아가 모래를 발로 파고 일을 본 다음 덮습니다. 모래를 파는 순간에도 어느 누가 그곳에 일을 보았을까봐 조심스럽습니다.

사람들이 모두 바위 밑에서 일을 보기 때문이지요. 발로 모래를 밀고 파면서 어디엔가 다른 사람의 배설물이 아직 마르지 않은 채 신발에 묻어 나오지 않을까 걱정하면서 일단 화장실을 만들고 일을 봅니다. 다른 사람들이 오지 않을까 내내 마음 졸이며 처리해야 했던 아침이었습니다.

아름다운 여인이 내게로 왔다

같은 여자의 입장에서도 아주 빼어나게 아름다운 여인은 가슴을 설레게 합니다. 아름다운 여인은 비단 남자뿐만 아니라 모든 사람들을 매혹에 빠지게 하지요. '팜므 파탈' 이라고 이름을 붙여야만 직성이 풀리는 것 또한 같은 여자의 질투일 수 있겠지요.

이집트를 다니면서 어디서나 쉽게 눈에 띄는 모습의 흉상이 바로 네페르티티였다라는 걸 알고서 그녀의 흉상 사진을 구했습니다. 이집트에서는 클레오파트라보다 더 미인이라며 알아준다고 합니다.

지금은 베를린의 어느 박물관에서 이집트로 돌아오지도 못하고 있는 그녀의 모습 말입니다.

백과사전에 나와 있는 대로의 서술은

"고대 이집트 아크나톤왕BC 1379~BC 1362년의 아내로서 그의 종교적 변혁을 도왔으며 그와 함께 아톤을 찬미했다. 1914년에 페루아마르나에서 발견된 그녀의 석회석 채색 흉상胸像은 화려한 미모를 잘 표현한 당대 최고 걸작 중 하나이다. 그녀의 혈통은 확실치 않으나 일부 학자들 사이에 미탄니 출신의 왕녀라는 설이 있다. 네페르티티는 6명의 딸을 낳았으며 후에 그 중 2명이 이집트의 여왕이 되었다."

에서 그녀에 대한 나의 탐색은 시작됩니다.

그녀는 자신의 이름 네페르티티 즉, '네페-레트-이티' 말 그대로 '아름다운 여인이 내게로' 온 것이지요. 이 여인은 창조주인 태양신을 떠나 누비아사막을 향해 온 먼 나라의 여신이라고 표현되어 있습니다.

그녀의 흉상 사진을 컬러 프린트로 뽑아 놓고 들여다봅니다. 왕비의 흉상이라 아무래도 미화가 되었겠지만 그 윤곽을 바꿀 수는 없었겠지요. 우뚝한 콧날에 이등변 삼각형으로 자리 잡은 콧망울이며 그 아래 입술선이 뚜렷하게 드러나는 윗입술, 도톰하나 약간 옆으로 긴 아랫입술은 누가 뭐래도 미인의 조건으로 충분하지 않을까요?

한 쪽 눈은 비록 눈동자가 없지만 한 쪽 눈동자로 앞을 무심한 듯 주시하는 모습은 오금을 저리게 할 만큼 직선적이지요.

베를린의 가장 귀중한 보물 2개 중 하나라는 이 예술품은 1912년 나일강 주변에서 독일 고고학자들이 발견했는데 이집트 사람들한테 들키지 않게 하려고 겉에 석고를 발라서 몰래 독일로 빼돌렸습니다.

네페르티티 흉상은 보는 각도에 따라 표정이 바뀐다네요. 어느 각도에서 보면 분명 절세미녀이지만 다른 각도에서 보면 그로테스크할 정도로 추하게 느껴진답니다. 그래서 어느 미술평론가는 이것을 조각한 조각가 투트모세의 원한이 서려 있다고 말했는데 네페르티티를 사랑했으나 이루지 못한 자신의 원한을 작품에 응축시켜 어느 각도에서 보면 아름답지만 다른 각도에서 보면 추하게 만들었다고 해석을 했는데 그렇다고 치더라도 그 솜씨만큼은 놀랍습니다. 긴 목선에 쇄골 밑의 음영 짙은 가냘픈 목이 부드럽고 매끈하게 더욱 사람을 매혹시키는 것일지도 모릅니다.

유선 채널 디스커버리를 보던 중에 〈네페르티티〉 편을 보았는데 흉상만 발견되었을 뿐, 미라는 발견되지 않은 이 왕비는 2003년에 영국 고고학 팀에 의해 'KV55' 라고 이름 지어졌던 미라가 네페르티티의 것임을 밝히는 과정을 그린 흥미진진한 내용이었습니다.

미라가 강한 칼날에 의해 살해된 점이건 납득하지 못 하겠네요. 여러 책을 보아도, 살해되었다는 증거는 없다고 하네요, 미라를 싼 린넨 천이 당시 왕족들만 사용할 수 있었다는 것도 증거로 들고 있었습니다. 그리고 미라를 제작하는 약품이 최상의 약품으로 만들어졌다는 점, 미라의 팔이 강제로 꺾인 것은 파라오나 여왕같이 최고의 왕족 미라에서만 볼 수 있는 방식이라는 점을 들어 미라 KV55의 정체가 네페르티티의 것이라고 확신했습니다. 아무리 아름다운 미모라도, 아무리 잘 보존된다 하여도 미라로 초라하고 남루한 모습이거나 한 줌 흙으로 돌아가 버린다는 것은 분명 아픔입니다.

네페르티티가 위에서 말한 것과 같은 미모만으로 이집트인들의 사랑을 받고 있는 것은 아니지요. 그녀의 남편 아크나톤 즉 아멘호테프 4세와 벌였던 일종의 종교개혁으로도 유명하지요.

당시 이집트 사람들은 태양신 아몬 신을 섬겼는데 아몬 신전에는 사제들만 들어가고 아몬의 말도 사제들을 통해서 전달되다보니 왕권보다는 사제단의 권력이 비대해졌습니다. 아크나톤과 네페르티티는 모든 백성들이 접하고 섬길 수 있는 유일신인 아톤 신을 섬기게 하고 아톤 신전을 새로 짓고 수도도 옮겼습니다.

결국 개혁은 아크나톤의 죽음으로 끝났지만 현명하게 자신의 신념을 실천하며 이집트를 사랑한 왕비였다고 칭송되어집니다.

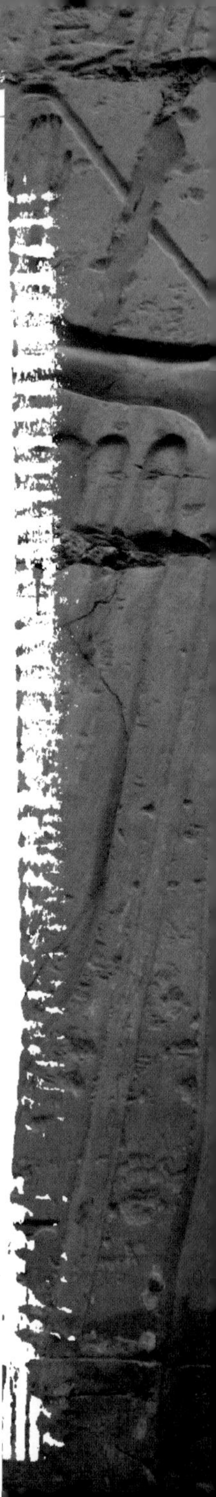

Luxor

압도적인, 너무나 압도적인 카르나크 신전

이집트의 신은 2000이 넘습니다. '명' 이라고 붙여야 할까, '개' 라고 붙여야 할까 망설이다가 그냥 '이천' 이라고 했습니다. 마땅한 의존명사가 없었기 때문이라기보다 그 먼 나라인 이집트 신들의 의미가 나에게 무엇일까 하는 생각 때문입니다.

이집트의 신화가 천 년 뒤에는 그리스신화에 어떤 영향을 미쳤으며, 다시 이천 년이 흐른 뒤에는 기독교의 성경에 어떻게 영향을 미쳤는지 그런 원론적인 이야기보다 내 의식의 어느 구석에 영향을 주고 있나 생각하는 것이 더 큰 문제였습니다.

내가 의식하지 못했지만 이집트의 벽화는 어릴 적부터 참 많이도 마주했던 것 같습니다. 일제히 고개를 모로 꺾고 눈은 정면을 향한 모습이 뇌리에 박힌 그때부터 사람을 그리면서

옆모습인데도 꼭 눈은 정면에서 본 모습을 그렸습니다. 나중에 순정만화 캐릭터를 본따 눈도 모로 그리게 되면서 내 그림이 이집트 벽화의 모습이었다는 것을 알았습니다. 그리고 생각하기를

'아, 이집트인들의 그림 수준은 내 초등학교 시절의 그림 정도로 유치했던 거야.' 라고 생각했습니다.

지금의 과학 수준으로도 감히 풀기 어려운 파라미드를 건설할 정도의 이집트인을 무시하다니 겁도 없었습니다. 카르나크 신전은 이집트 신들의 집합소였습니다. 열주에 빼곡히 새겨진 숱한 부조들을 보면서 처음에는 다 똑같이 보였지만 조금씩 차이점을 알아가면서 눈이 떠지기 시작했습니다.

이집트 신들의 목록을 훑다가 문득 한 신의 이름이 눈에 들어 왔습니다. 바 페프 신 Ba-Pef! 영어로는 'That Soul', 해석은 이러했습니다.

"심술궂은 면을 가진 별로 중요하지 않은 이집트의 신."

별로 중요하지 않았던, 그러나 심술궂은 면을 지닌 이집트의 한 신이 요즈음 우리들의 모습인 것 같았습니다.

이집트를 다니면서 느꼈던 것 중의 하나는 현실감을 잃어버렸다는 것입니다. 유적지를 돌아다니는 게 여행의 목적이었지만 다른 어떤 유적지에서도 느낄 수 없는 것이었습니다. 비단 피라미드나 신전 때문은 아닙니다. 이집트에서의 시간은 내가 타임머신을 타고 그 시대로 돌아간 느낌이라기보다는 그 시간들이 축지법을 써서 내 앞에 당도해 있는 듯한 착각 말입니다.

카르나크 신전을 들어갈 때 도열해 있는 스핑크스 사이의 돌바닥을 걸어 들어갈 때

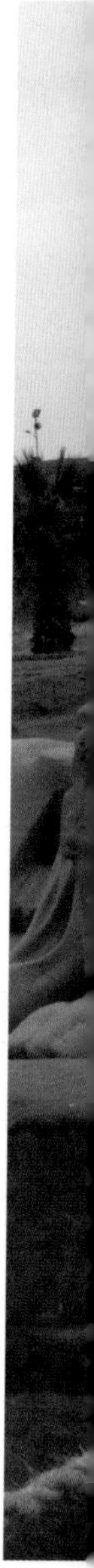

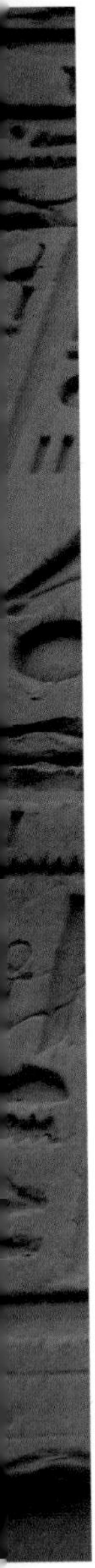

그 느낌이 특히 강하게 다가왔습니다. 아마 그 이유는 잡아먹을 듯이 뜨거운 햇살과 조금만 눈을 돌려도 보이는 모래 때문일 듯합니다.

입구의 왼쪽에는 동그란 우물처럼 보이는 것이 있었습니다. 속을 들여다보았지만 모래와 먼지만 쌓여 있을 뿐 아무것도 없었습니다. 옛날에는 나일강에서 이곳까지 물이 차서 나일강의 수위를 측정하는 나일미터였다는군요.

스핑크스의 길이 끝나면 바로 제1탑문으로 들어갑니다. 양쪽에 절벽처럼 서 있는 탑문 안은 커다란 안뜰이 나오고 람세스 3세 신전과 세티 2세 신전을 지나면 대열주실입니다. 우리가 많은 사진에서도 보았던 어른 몇 명이 안을 수 있는 높고 커다란 기둥들이 끝없이 늘어 서 있는 곳에 들어가니 한없이 왜소해지는 나를 발견했습니다. 모두 "어마어마한 규모"라고 표현하더군요. 그리고 수많은 탑문들과 신전들을 지나는 사이에 머릿속은 어디쯤인지 내가 보고 있는 것이 무엇인지 길을 잃어버릴 지경에 이르렀습니다.

하지만 이런 탑문조차도 그냥 의미 없이 세워진 것이 아니라 하나하나 철저히 계산된 건축입니다. 각각 새로운 탑문을 세울 때마다 앞의 탑문에 비해 더 크고 간격이 더 멀어져 있습니다. 탑문의 크기가 커질수록 서로간의 거리가 일관되게 멀어지고 있습니다.

크리스티앙 자크는 그의 『이집트 여행』에서 "성장하는 나뭇가지에 난 잎들의 분할 방식과 같으며 숫양아몬의 신성한 동물의 뿔의 테들이 자라면서 공간이 서로 점점 더 벌어지는 것과 같다"라고 했습니다. 쭉 들어가 타하르카 신전 옆에는 아주 커다란 장방형의 호수가 있습니다. 신성호수라 하여 신전의 사제들이 이 호수에서 심신을 정화했다는 성스러운 호수입니다.

그 앞쪽에 신성갑충이라는 쇠똥구리 석상이 있습니다. 위에는 쇠똥구리 형상이 엎드려 있고 아래는 상형문자가 새겨져 있습니다. 사람들은 시계 방향으로 7번을 돌면 소원이 이루어진다고 열심히 쇠똥구리처럼 돌고 있었습니다.

남아 있는 신전 중에 가장 완벽한 원형을 간직하고 있다는 카르나크 아문라신와 무트신, 그리고 쿤스신를 위한 신전이었답니다.

나일강이 범람하는 시기에 이곳에서는 오페트 축제가 벌어졌습니다. 나일강이 더 범람하기를 , 나일강이 범람하여 더욱 많은 흙이 떠 내려와 땅이 비옥해지기를 아문라, 무트, 쿤스 신에게 비는 축제를 열었습니다. 이때는 상류로부터 붉은 진흙이 내려와 붉은 강이 되었습니다.

카르나크 신전에서는 다가오는 축제를 준비하는 사제들의 움직임이 부산해지고 서서히 점등되는 촛불들이 늘어갑니다. 신의 현현은 카르나크에서 이루어지고, 그곳은 위대한 행렬의 출발지가 됩니다. 신전 내부에서는 여러 신들에게 기름으로 축도하고 단장을 하며 행렬을 준비합니다.

세 신들은 금과 은으로 화려하게 장식한 배를 타고 등장합니다. 배의 앞뒤를 산양의 머리로 장식한 아몬신의 배가 당연히 가장 크고 화려하지요. 독수리 장식의 무트 여신의 배는 가장 작고 아담하며, 아몬과 무트 사이에서 난 쿤스의 배에는 쌍두 독수리가 그려져 있습니다. 배가 출발하는 항구로 가기 위해 신들을 태운 아름다운 배가 신전에서 나올 때 수많은 군중들이 환호를 하며, 나일강 양안에는 배를 끄는 뱃사공들의 소리 요란하고, 악사들이 각종 악기를 연주하고 북소리에 맞추어 울려 퍼지는 노래 소리가 강에 가득 울립니다. 배는 룩소르 신전을 향합니다. 나일강 양안에는 오직 춤과 음악과 풍성한 음식만이 넘치니 온 나라가 온통 축제에 휩싸입니다.

이 오페트 축제는 이집트인을 하나로 묶는 계기가 될 뿐 아니라 왕권의 신성함을 만천하에 선포하는 기회이기도 하였습니다.

요즈음 우리나라에 한해 열리는 축제의 수가 수백 개 정도라고 합니다. 축제는 오페트 축제처럼 예술적 감흥과 제의를 포함한 것이라는데 요즈음의 축제는 그냥 먹고 마시고 즐기는 축제에 그치는 것 같아 안타깝습니다.

사막 속 왕가의 계곡

왕들의 계곡이라고도 불리는 이곳 역시 예부터 동경의 대상이었습니다. 언젠가는 꼭 가보아야 할 곳 중의 하나로. 아직도 남아 있는, 언젠가는 꼭 가보아야 할 곳의 목록은 늘 넘쳐 납니다. 책을 읽거나 다큐멘터리 프로를 보다가도 하나씩 추가됩니다.

왕가의 계곡이라고 해도, 왕가의 골짜기라고 불러도 '왕가' 라는 말이 주는 느낌은 황홀합니다.

매표소에서 표를 끊고 코끼리 열차를 타고 왕가의 골짜기로 깊숙이 들어갔습니다.

골짜기라고 했댔자 황폐한 흙무더기 사이를 지나는 것과 같습니다. 이곳에서 나무 한 그루, 풀 한 포기 본 기억이 나질 않습니다. 그냥 돌과 흙으로만 이루어진 산 사이를 5분 정도 타고 갔습니다. 가는 도중에 산 중턱에 있는 군데군데의 구멍들은 이곳을 건설한 장인들의 무덤이라고 하더군요.

이집트의 파라오들은 왕위에 즉위함과 동시에 자신이 사후에 묻힐 무덤을 준비했습니다. 지 무덤을 지가 파야 했던 셈이지요. 무서운 도굴꾼을 피하기 위하여 파라오들은 좀 더 깊은 곳으로, 좀 더 사람들과 동떨어진 사막 속으로 들어가 무덤을 만들었습니다.

파라오의 아들은 아버지의 무덤은 알 수 있으나 손자는 모르게 할 정도로 철저하게 비밀에 부쳤지만 도굴꾼의 손은 피할 수 없었습니다. 그러다보니 무덤이 서로 만난 흔적도 남아 있습니다. 도굴을 막기 위해 피라미드를 짓지 않고 골짜기에 수직 갱도를 만들고 관을 숨기는 등 별의별 방법을 다 썼지만 도굴꾼을 막을 수 없었습니다.

이곳에서 도굴 당하지 않은 무덤은 투탕카멘의 무덤밖에 없었습니다.

1922년 하워드 카터가 도굴꾼의 손이 닿지 않은 투탕카멘의 무덤을 발굴함으로써 이집트의 고고학사가 달리 쓰이게 될 정도였습니다. 3,000여 점의 부장품을 수습하는 데에도 6년이 걸렸고 그 부장품들은 1,700여 점만으로도 카이로 고고학 박물관 2층의 절반을 차지해 버렸습니다.

투탕카멘의 무덤이 도굴꾼들의 손길이 닿지 않게 된 까닭은 투탕카멘이 18살의 어린 나이로 죽었기 때문에 무덤의 크기가 작았기 때문이고 또 역대 왕명표에 오르지도 못한 까닭도 있었겠지요. 그러나 이 발굴로 말미암아 투탕카멘은 가장 유명한 파라오로 이름을 날리게 되었지요.

투탕카멘의 묘실에는 "왕의 이름을 알리는 자에게 복이 있으라."는 문구가 있는데 요절했던 그로서는 있을법한 문구이지요.

한 장의 입장권으로 세 군데 무덤을 관람할 수 있었습니다. 우리는 우선 가장 깊숙이 들어가 투트모스 3세의 무덤을 관람했습니다. 원래는 산 위에서 내려와 발굴한 무덤인지라 산 중턱에 위치하고 있어 골짜기에서는 계단을 한참 올라가야 무덤 입구가 나왔습니다. 좁은 입구를 더듬거리며 들어간 투트모스 3세의 무덤은 참 화려했습니다. 발 밑에는 철망으로 아랫부분이 덮여 있었고 그 아래는 깊은 함정이 있었다고 합니다. 도굴꾼을 막기 위해 함정까지 마련하고 독사도 풀어 놓았지만 결국 이 무덤도 도굴 당했지요. 그렇지만 도굴꾼들이 손을 대지 않은 천장에는 수많은 별들이 그려져 있었고 벽화도 눈에 그려질 듯 살아 있습니다.

현실의 벽면은 홈을 파지 않고 신들과 왕의 모습을 그림으로 그렸고, 안에 있는 석관 속에는 누트 여신의 모습이 조각되어 있었습니다. 무덤들이 대부분 그렇듯이 자신의 업적을 과장하거나 신께 드리는 봉헌의 의미도 있습니다.

결국은 영원한 생명으로 가기 위한 도구로 무덤을 호화롭게 꾸몄던 것입니다.

그런데 들어가자마자 벽을 따라 켜져 있던 전등불이 일시에 꺼져 버렸습니다. 많은 관광객들 사이에 끼어 캄캄한 어둠 속에 서 있었습니다. 불이 꺼지기 전에 곁에 있던 일행을 다급하게 찾았습니다. 다행히 곧 불이 들어와 행진을 계속하면서 벽화를 감상했습니다. 그런데 또 전등불이 꺼져 버렸습니다. 이집트의 낙후된 전력 사정을 탓하기 전에 파라오의 무덤을 범한 불경 때문인가 하는 생각이 먼저 떠올랐습니다.

그 다음부터는 다른 것은 눈에 들어오지 않고 빨리 이곳을 나가고 싶다는 생각이 들었습니다. 아무 것도 아닌 일에 금방 위축되는 소심함이 또 드러났습니다.

무덤 밖을 나오자 환한 이집트의 햇살이 눈부셨습니다. 구덩이에서는 어느 고고학자가 무엇인가를 열심히 적고 있었습니다. 아직도 발굴되지 않는 그 옛날의 시간으로 우리를 끌고 가려나 봅니다.

부겐빌레아와도 같은 아부심벨

끝없는 사막의 길을 세 시간이나 넘게 지나 아스완에서 아부심벨까지 갔습니다. 아직도 보이지 않는 아부심벨을 향하여 주황색 사막 길을 달려갔습니다. 버스에서 내려 아부심벨로 들어가려니 활짝 핀 부겐빌레아 꽃이 먼저 반겨주었습니다. 그리고는 커다란 흙더미 언덕이 왼쪽으로 높다랗게 쌓여 있고 검은 구름은 하늘을 가렸으며 오른쪽으로는 푸르고 푸른 나세르 호수가 출렁거렸습니다. 한참을 걸어가 왼쪽으로 돌아가자 아부심벨 신전의 장대한 모습이 눈에 확 들어왔습니다.

나일강 서안의 사암 절벽을 깎아 만든 아부심벨은 오랫동안 모래에 묻힌 채 지내야 했는데 1813년에 발견이 되지요. 그러나 1960년

아스완댐 건설 당시에 수몰 위기에 처하자 유네스코에서 여러 논란 끝에 원래의 위치보다 약 65미터 위로 옮겼습니다. 방법으로는 그대로 둔 채 원형 둑을 쌓을 것인가, 아니면 통째로 들어 올리느냐 하는 궁리 끝에 블록으로 자르는 게 가장 현실적이라는 결론을 내렸습니다. 지질이 약해서 송진을 넣어 굳히고 거의 400여 조각을 내어 위로 들어올려 원형과 똑같이 쌓았습니다. 그 중에서 가장 어려웠던 점은 60미터 안에 있는 지성소에 있는 레 호라흐테 석상까지 매년 2월 20일과 10월 20일에 해가 떠오르면 빛이 가닿게 하는 일이었다고 합니다.

두 개의 열주실과 그 사이에 안뜰이 있고 위에는 상이집트를 상징하는 독수리가 날개를 편 채 신성한 이 신전을 보호하고 있습니다.

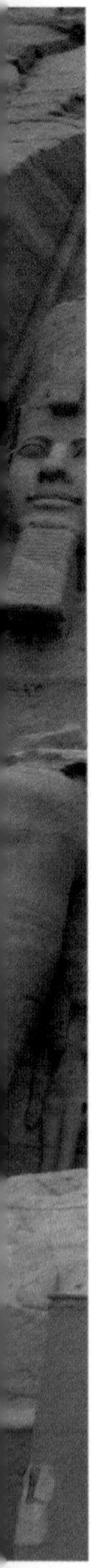

20미터나 되는 람세스 좌상은 움푹 들어간 절벽을 등지고 있으며 2개는 주신전 입구 양쪽에 하나씩 놓여 있습니다. 이 좌상의 발 둘레에는 람세스의 왕비 네페르타리와 자식들을 상징하는 작은 상이 조각되어 있습니다.

람세스 2세 때 건설된 아부심벨이니 아무래도 람세스 2세는 다른 것보다 크게 묘사되어 있습니다. 자신의 행적 중에 카데시의 전투라든지 한손에 곤봉을 쥐고 포로의 머리채를 잡고 있는 모습, 항복하는 모습 등의 벽화가 안뜰과 열주실에 가득합니다. 또한 신을 찬양하는 모습, 호루스신이 칼을 내밀고 있는 모습도 보였습니다.

이집트의 파라오들 중에서 두 번째로 오랜 재위 기간 동안 많은 업적을 남긴 람세스 2세를 람세스 대왕이라고 부릅니다. 그는 재위 기간 중에 가장 많은 신전을 건축하였고 가장 풍요롭고 번영된 시기를 만들었습니다.

이런 람세스 2세의 미라는 현재 카이로에 있는 이집트박물관에 소장되어 있습니다. 람세스 대왕의 미라는 부패 상태 조사를 위해 1976년 9월 12일 프랑스 파리로 옮겨진 적이 있었습니다. 당시 람세스 2세 미라에는 이집트 여권이 발급되었고 파리공항에서는 왕에 걸맞은 의식이 거행된 바 있었다고 합니다.

그런데 하셉슈트 장제전의 앞 절벽 동굴에서 발견된 미라를 나일강의 증기선으로 카이로로 옮길 때 선박 감시원이 미라를 건어물로 분류하여 세금을 매겼다는 웃지 못할 이야기도 있습니다. 그리고 국가 간에 이동할 시신에도 여권이 필요한 데 람세스 대왕의 여권에는 "나이 3200세. 직업 국왕. 방문 목적은 죽은 후의 신병 치료"라고 쓰여 있었답니다.

당시 프랑스 전문가들의 전자기 방사선 조사 결과 람세스 2세의 미라의 사망 당시 연령은 80살로 추정됐으며 신장은 172cm이었다고 합니다. 치아는 손상 상태가 심각했었다고 하는데 몇 년 전에 람세스 대왕의 머리카락을 인터넷에서 세일한다고 하여 소동이 벌어진 적이 있었습니다.

"람세스 2세 미라의 머리카락 뭉치를 2천 유로에 팝니다."

이 광고를 낸 사람은 머리카락 뭉치가 진품임을 증명하기 위해 여러 장의 사진과 증명서, 미라를 만들 때 사용하는 수지, 붕대 등을 제시했다고 합니다. 자신의 아버지가 미라 분석 팀에 있었기 때문에 진품이 확실하다고 했다는데 그 후 범인은 붙잡히고 머리카락은 다시 이집트로 돌아와 카이로박물관 미라 옆에 전시되었다고 합니다.

람세스 2세 자신을 위한 대신전의 멀지 않는 곳에, 아니 빤히 보이는 곳에 네페르타리를 위한 소신전이 대조적으로 아담하게 서 있습니다. 지치기도 하여 멀리서 주변을 맴

돌면서 나세르 호수와 아부심벨을 생각해 보았습니다. 수몰될 수밖에 없었지만 수몰의 위기를 딛고 더욱 우뚝 선 아부심벨이기에 상생의 기쁨을 누리는지 모르겠습니다. 영국의 BBC 방송 선정 '꼭 가보아야 할 유적지' 안에 꼽히기도 했고요.

이집트인 가족이 소풍을 나왔는지 즐겁게 노는 모습이 보여 사진을 찍었습니다. 그냥 미소로만 그들과 사진을 찍고 또 그냥 미소로만 인사해도 지금까지 익히 알아 왔던 사람처럼 자연스럽게 헤어졌습니다. 나오는 길에 이집트 경찰과 또 사진을 찍었습니다. 그런데 그들은 어김없이 손을 내밀더군요. 아까의 미소로 만났던 이집트를 망치는 '원 달러 피쉬'가 여기에도 있었습니다.

지금도 아부심벨을 생각하면 부겐빌레아의 선명한 눈부심이, 나세르 호수에 더욱 선명했던 신전의 모습이 오버랩 됩니다.

이집트를 넘어 아랍의 가수 움 쿨숨

이집트 자료를 찾으러 책과 웹을 오가는 사이 유독 눈에 띄는 이름이 있었습니다. '움 쿨숨'

이 이름 앞에는 거의 '우리나라에는 잘 알려지지 않은' 라는 수식어가 붙어 있었습니다. 하지만 '이집트를 이야기하면서 그 이름을 뺀다면 이집트를 이해하기 힘들다' 라는 말이 뒤에 붙어 있습니다.

이슬람 전문가인 이희수 교수는

"이집트에는 피라미드만 있는 것이 아니다. 피라미드는 우리의 가슴을 설레게 하는 고대문명의 금자탑이지만, 오늘날 이집트문화를 이해하는 전부가 될 수 없다. 그래서 스핑크스와 피라미드, 남부 룩

소르의 고대신전만을 보고 이집트를 빠져나가는 과거 중심의 문화읽기는 참으로 답답하다.

이집트에서는 움 쿨숨을 모르면 대화가 되지 않는다. 아랍세계가 배출한 전설적인 여자 가수다. 아랍의 짙은 향수와 영혼을 담은 그녀의 노래, 알필릴라 왈릴라천일야화를 들으며 이집트인들은 아랍인이라는 정체성을 수없이 확인한다."라며 심정을 토로하기도 했습니다.

맞는 말이지요.

지금 현재를 살아가고 있는 우리나라에 온 외국인이 경주의 유적지만 보고 한국을 알았다고 하면 어이가 없듯이 말입니다. 차라리 한류 스타의 이름을 대거나 드라마 속의 한 장면을 말하면 우리를 잘 이해하는 외국인처럼 보이니까요.

1975년에 세상을 떠난 그녀의 장례식 장면을 동영상으로 보니까 그야말로 인산인해더군요. 400만 명의 추모행렬이었다고 합니다. 역사상 몇 번째 안에 드는 추모인파라고 합니다. 장례식은 이틀이나 연기되었는데 조문객들이 서로 오겠다고 연락이 와 어쩔 수 없었다고 합니다.

1904년 이집트의 한 가난한 마을에서 태어나 아버지의 종교적 영향을 받으며 자랐습니다. 어릴 적부터 잔칫집에서 남자 복장을 하고 노래하기도 했으며 온 가족과 함께 카이로로 이주한 1923년부터 본격적인 가수의 길로 접어듭니다.

그녀의 콘서트는 저녁 10시에 시작하면 보통 6시간 이상 걸렸답니다.

오른손에는 실크 스카프를 쥐고 편하게 노래 부르는 그녀의 모습은 우리나라의 판소리를 완창하는 명창 모습을 떠올리게 합니다. 우리나라의 명창들이 한 손에 부채를 쥐고 몇 시간씩 소리 하듯이 말입니다.

1940년대에 움 쿨숨은 많은 뮤지컬 영화에도 출연하며 아랍 최고의 가수 겸 배우로 명성을 떨쳤습니다.

일본의 영화 비평가 요모타는

"그녀는 자신이 이집트의 국민가수이고 국민적 여배우라는 의식을 분명하게 갖고 있습니다. 국왕 생일에 노래를 부르고 이집트 독립기념식에서 나세르 앞에서도 노래를 불렀습니다."

라고 말했듯이 그녀는 1952년 이집트혁명이 일어나기 몇 달 전에 왕 앞에서 노래를 불렀다는 이유로 이집트 음악협회로부터 노래를 부르지 못하게 제재를 받았습니다.

움 쿨숨의 노래를 유난히 좋아했던 이집트 대통령 나세르는 라디오에서 그녀의 노래가 들리지 않자 의아해 했습니다. 사정을 들은 나세르는,

"온 이집트가 움 쿨숨을 좋아하는데 노래를 못하게 하면 국민 전체가 우리를 미워하게 되잖아!"

이리하여 그녀는 노래를 계속할 수 있게 되었고 나세르와도 좋은 관계를 유지할 수 있게 되었습니다.

매달 첫째 주 목요일에 그녀의 콘서트가 방송되는 날이면 시민들 대부분이 일찍 귀가를 해서 카이로 시내가 조용해질 정도였다고 합니다.

1967년 6일 전쟁에서 이집트가 패하자 충격을 받은 그녀는 도저히 노래를 부를 수가

없었습니다.

소식을 들은 나세르가 그녀에게

"우리는 비록 전쟁에서 졌지만, 당신의 노래야말로 전 아랍을 단결시킬 수 있는 힘이 있지 않겠소?"

이후에 그녀는 이집트와 유럽과 모든 아랍의 국가들을 다니며 콘서트를 가졌습니다. 그리고 자신의 수익금과 재산을 조국에 바쳤습니다.

이집트 카이로에 있는 움 쿨숨 박물관에는 아침 일찍부터 아랍 방문객들이 줄을 지어 기다립니다. 이미 작고한 그녀지만, 흑백으로 녹화된 그녀의 콘서트가 방송되는 시각에는 카이로 시내의 자동차가 멈추고, 아랍인들은 눈물을 글썽이며 그녀의 명곡 〈천일야화〉에 빠져듭니다.

그녀의 노래를 듣다 보면 경쾌한 타악의 소리와 저력이 느껴지는 목소리가 언뜻 인도 음악을 연상시킵니다. 하지만 노래의 깊은 호소력은 어찌 보면 우리의 소리와도 맞닿아 있는 듯합니다. 5,000년의 역사 속에 찬란한 조상의 문화를 갖고 있으면서도 외세의 침탈에 많은 세월을 인고해야 했던 민족의 공통적인 특징인지도 모릅니다. 한恨과 끼, 이런 것들.

그리스, 터키, 시리아, 요르단, 이집트 여행 에세이
지중해를 전전하다

지은이 | 김수목
펴낸이 | 조현석
펴낸곳 | 북인
디자인 | Add Plus

1판 1쇄 | 2008년 12월 21일
출판등록번호 | 313-2004-000111
주소 | 121-838 서울 마포구 서교동 467-4 301호
전화 | 02-323-7767
팩스 | 02-323-7845

ISBN 978-89-91240-42-1 03810

책값은 뒤표지에 있습니다.
저자와 협의 아래 인지를 생략합니다.